Coleção Abelha: Mel & Ferrão

O leitor de *A Divina Comédia* conhecia muitos dos personagens de Dante Alighieri. Alguns deles eram, inclusive, parentes ou amigos dos leitores. O autor vivia refugiado numa outra cidade por ser detestado pelos mandantes epocais da sua Florença natal.

Os leitores de Camões, Cervantes e Shakespeare, alguns séculos depois, fizeram e fazem algo semelhante. Os leitores de Machado de Assis e de outros tantos autores brasileiros não conheceram seus personagens, mas a alguns deles, que nunca existiram, conhecem muito bem: Capitu, Diadorim, Paulo Honório e até uma cachorrinha chamada Baleia não lhes são estranhos.

Quem são os autores brasileiros contemporâneos? Que livros escreveram, o que dizem suas obras, qual é seu estilo, qual seu modo de contar o que nos contam? E por que nos contam o que nos contam, requerendo nossa atenção?

A coleção **Abelha: Mel & Ferrão** foi inspirada no provérbio que ensina ser este inseto muito didático, pois nos dá o mel, mas também ferroadas, sobretudo como defesa. Autores trazem comoventes doçuras, mas fazem críticas doloridas. Os leitores precisam conhecer, para benefícios mútuos, tanto o mel quanto a ferroada. Os brasileiros já leram muito outrora e voltaram a ler de novo. Mas estão lendo o quê? Seus autores escreveram sobre o quê e como? Vale a pena ler seus livros para saber.

O Grupo Editorial Almedina lança esta coleção de autores e de obras de qualidade. Há boas opções de leitura para todos os gostos nesse novo tempo. Temas e problemas que são nossos velhos conhecidos, tão antigos quanto a condição humana, reaparecem de um modo que os leitores jamais viram.

É só escolher autores e livros de sua preferência e recomeçar. Ou começar, se for o caso.

Deonísio da Silva e Marco Pace
Editores da Coleção

Carlos Nejar

O Sinal da Águia

ABELHA: COLEÇÃO MEL & FERRÃO

Carlos Nejar

O Sinal da Águia

Romance

O SINAL DA ÁGUIA

AUTOR: Carlos Nejar

DIRETOR DA ALMEDINA BRASIL: Rodrigo Mentz
EDITORES DA COLEÇÃO ABELHA: MEL & FERRÃO: Deonísio da Silva e Marco Pace
ASSISTENTES EDITORIAIS: Isabela Leite e Larissa Nogueira

REVISÃO: Gabriela Leite
DIAGRAMAÇÃO: Almedina
DESIGN DE CAPA: Roberta Bassanetto

IMAGEM DE CAPA:

ISBN: 9786587017150
Junho, 2021

Dados Internacionais de Catalogação na Publicação (CIP)
(Câmara Brasileira do Livro, SP, Brasil)

Nejar, Carlos
O sinal da águia / Carlos Nejar. — 1. ed. —
São Paulo : Minotauro, 2021.

ISBN 978-65-87017-15-0

1. Famílias - Ficção 2. Ficção brasileira
I. Título

21-62094 CDD-B869.3

Índices para catálogo sistemático:

1. Ficção : Literatura brasileira B869.3

Maria Alice Ferreira - Bibliotecária - CRB-8/7964

Este livro segue as regras do novo Acordo Ortográfico da Língua Portuguesa (1990).

EDITORA: Almedina Brasil
Rua José Maria Lisboa, 860, Conj.131 e 132, Jardim Paulista | 01423-001 São Paulo | Brasil
editora@almedina.com.br
www.almedina.com.br

Se uma águia fende os ares e arrebata.
Carlos Drummond de Andrade

Entre as coisas que me maravilham: o caminho da águia no céu.
Salomão

Ou é pelo mandado que se remonta a águia e faz alto o seu ninho?
Jó

Tudo chega com o tempo para o que sabe esperar.
François Rabelais

Contanto que deixeis os olhos para vos ver.
Luiz Vaz de Camões

Não adiamos Deus (...) O verdadeiro poeta tem
a memória da espécie.
Longinus

Não seria melhor que nunca tivéssemos saído da caverna.
Elias Canetti

E o mundo da arte não é o da imortalidade, é o da metamorfose.
André Malraux

Morre e transforma-te.
Goethe

Para Elza.

E para Luciano Saldanha Coelho, meu irmão,
a quem apresentei Alúvio Solário.

SUMÁRIO

CAPÍTULO PRIMEIRO

1.

Cada coisa tem seu tempo, só de nascer que não.

Nascer é de dentro. É sair de dentro, e o que nasce torna o tempo imóvel. Porque este ser parido de amor escapava do tempo. E a mãe Olívia Analdo deu à luz, ao deixar, desfalecendo, soar um grito. O rosto refletia dor e rolou vagarosa lágrima, com espessas pestanas, como se delirasse, sentindo a súbita estranheza de ter dentro de si asas.

E elas se moviam no ventre, tal se houvesse quem quisesse voar e estivesse preso entre as paredes. Depois, com doloroso gemido, Olívia foi pondo no mundo um menino, que saiu forte, de agudos olhos, belo espécime de silenciosa estirpe. O pai, Aristóteles Analdo, sorria de alma plena.

Seu nome: Alúvio Solário Analdo. Molhado de palavra nasceu. E desde logo passou a ser apenas Alúvio Solário.

E ninguém reparou que seus olhos voavam. Desacontecendo de acontecer, como se já estreitassem o mundo.

Mas o mundo não tem todos os pássaros dentro do homem? Aquele menino de haver nascido, se atravessava de alma.

Seu pai, Aristóteles. E na solidão, o destino.

2.

Alúvio crescia com hábitos inexplicados, como o de ir ao campo próximo, ficando horas contemplando os pássaros. Tinha o olhar distante, como se quisesse acompanhá-los. E no ventre avultava certa deformidade da qual ninguém sabia a causa, tal se ali contivesse algum sorrateiro depósito, ou apêndice, que carregava fora da dita normalidade. — Mas o que é normal? — indagava a mãe, Olívia. — Cada um vem do que vive. E meu filho, ao se desenvolver, parece recuperar alma. É muito inteligente e saberá descobrir.

A vizinha Clotilde, gorda e curiosa, não se deu por rogada e insistiu na necessidade de Olívia observar melhor Alúvio. — É diferente! — acresceu.

O adolescente não atrasava a visão. E era escorregadio como um peixe na água. Suave, mas pouco sociável. E cresceu alto, sólido. Possuía olhos também crescidos, de quem desvaloriza os limites. E falava devagar, cuidadoso, como se tivesse pedra na língua, com a astuciosa certeza de que as palavras o amavam, ainda que as não quisesse estreitar.

O que não narrei: a carismática figura do pai de Alúvio e marido de Olívia, Aristóteles, advogado de causas cíveis, conhecido no foro de Lajedo dos Pardais, e fazendeiro em Riopampa, com escritório na cidade. Era de segredo — não só dos inúmeros clientes, mas por seus hábitos discretos, desejando ficar quase anônimo, como lascas de tronco de árvore onde se oculta a resina. O que é a carne humana ou o revelar informe ou caótico aos outros e a si mesmo. E não tinha a saudade da infância que persegue a tantos. Foi solitária e a evitava, como se lhe desse inchaço. E não queria que as coisas acontecessem de tanto por dentro lhe acontecerem. Sisudo, robusto de corpo, grande e de olhos alados e verdes, com rosto longo e queixo bicudo, com traço de ave. Quando sorria, os dentes se distinguiam brancos, disfarçando.

O avô de Alúvio, Geórgio, romeno de origem, dera-lhe o nome depois de leituras que fez numa velha enciclopédia, impressionado com o Estagirita, mestre de Alexandre Magno, seu herói. Geórgio amava a história, amava os atavios da metafísica, na medida em que sua cultura se inventava, longe das universidades. O que se inventa é o que se descobre ou envereda pelas excelências da memória e dessa à imaginação, que se aventurava de juízo.

E o avô era alto, encorpado, cabelos embranquecidos, tinha a mesma marca de ave no queixo e os olhos muito azuis, inquietos, com pestanas curvadas como asas.

E a voz veloz, onde o envelhecer não tinha rédeas. E o que tem que ser, vai ser, mesmo que devagar.

3.

Alúvio, já moço, contemplava, assentado numa pedra, o círculo de andorinhas que acompanhava no céu e era árvore com fronde para baixo, as raízes em cima. Essa árvore de pássaros se plantara em sua retina e era como se a luz parasse neles com o instante de enverdecer, tal se a sina habitasse com os pássaros. Mesma casa e alma. E viu que o que tinha sentido nem precisava de sentido. Porque o instante não tem rugas.

4.

Amantino Balzan era o governante de Lajedo dos Pardais. Ao mudar de alma, segundo consta, às vezes tinha rosto de homem e outras de lobo. Dizem dele que à noite era completamente lobo, e de dia dirigia os integrantes do gabinete de poder com altivez que se desprendia em arrogâncias com a imprensa, por se julgar perseguido, chegando à incivilidade. Batia no peito, quando alguém divergia, alegando: — O poder sou eu! —, e era vezeiro em criar crises, com o fito de fugir de assuntos fundamentais, delirando ante os microfones da mídia ou avançando além dos limites, investindo contra os demais poderes, ora recuando em seguida, ora pondo-se de ilibado defensor da Carta Magna. Mas não medimos a Carta Magna, ela que nos mede. E a medida não seria a do tempo da pátria?

Consta — e é o que veio de línguas alvissareiras — que o eminente governante Balzan apreciava ser lobo e como não queria continuar mudando de alma, voltava a ser homem com a alma muito usada e com medo de que se rasgasse ou envelhecesse. Então, ser lobo à noite melhorava a alma, ou inovava e tentava preservar-se. Mas se desejasse permanecer, seria perpetuamente lobo, caso se cansasse de ser homem. E aliás, a nossa condição cansa pela penúria, pela excessiva maldade ou penúria e desventura. Ou a eternidade é pequena para se mudar de alma?

Mas o governante Balzan era aflito, apressado e se gastava de pensar, outra forma de tornar rota a alma. Ou talvez, ao estar desgostoso do rumo de usar alma, fazia o lobo substituir o homem e depois o homem substituir o lobo. O equilíbrio do uso era o equilíbrio da espécie. E nessa mutação sentia-se vivo.

Todavia esse chefe do executivo não podia se atrasar ou distrair no transe entre lobo e homem, podendo sofrer a demissão de lobo ou de homem, o que seria para ele perigoso ou terrível. Como terrível seria se os seus eleitores o surpreendessem como lobo. Ou a máscara do homem era o lobo. Até quando? Até quando o homem não consegue distinguir-se do lobo ou a honra do homem talvez esteja no lobo. Ninguém diz, nem se descobre, o estado de alma no mover da neblina. E quem é chuva ou nuvem não sabe quando pode configurar-se em ambas. Mas não há volta.

5.

Quem suportava o lobo de Balzan era a esposa Leocádia, de idade madura, olhos escuros, franzina. Com certa mansidão, o suportava pelo prestígio e pelo eito amoroso do homem, nos lascivos feitos de leito e conclave da carne. O prazer esgota o juízo e encurta o tino. Mas não deixava de ser desafio, porque Balzan, como lobo, às vezes endoidava e ficava aos uivos na velha casa de pedra no bairro, espaçosa e sozinha sobre um dos montes de Lajedo dos Pardais. No início se assustava a remansosa esposa, depois se foi habituando. Lobo não se amansa, se acostuma.

6.

Aquela noite, Amantino Balzan queimava de desejo e se achegou à cama de Leocádia, quando o lobo dormia nalguma parte dele. Balzan não apanhava o desejo, o desejo o apanhava, aceso, como há muito não sentira. Um ardor na língua, de febre o corpo.

Deitou-se ao lado da mulher Leocádia, e ela o acatou, deitou-se nele. Ao estarem nus, o amor descia e subia neles. Homem, mulher entretecidos, tal se a fonte começasse dos seus corpos. E as almas iam de amor se aperfeiçoando, como no vaso a flor. E se estendia nas peles, à noite.

E quando o lobo se acordou nele, viu atônito e impotente que o homem estava inteiro dentro da mulher, como o firmamento que os cobria, com o ávido colher de cogumelos no bosque. Após, um peixe penetrava na fresta subterrânea da rocha. E intacto era o tempo.

7.

Quando Leocádia foi engravidada, teve temor de nascer um lobo, em vez de homem. E nasceu forte e belo menino, de olhos espertos, com garra numa das mãos, a esquerda, como se espinhos brotassem na infantil roseira.

É bem-aventurado e aprazível o amor materno que o via com esplendor de um filhote de cavalo, obsessão de sua infância, entre soberbos animais, numa fazenda de Riopampa. E o nome da criança, de pia e solidão, era Timóteo.

Galopava o tempo inteiriço de crescer. Com barulho de mar nos ouvidos. Arfava com gaivota nas pupilas, querendo viver. Interessante é que Balzan não acolheu muito o filho. Seria influência do lobo no homem? Como se diante de um corredor, a alma.

8.

O homem se deforma com o lobo, até o lobo começar a perder a fé na água do homem. A loucura é apenas lento desequilíbrio entre o lobo e o homem. A loucura do lobo nele é a loucura do homem?

E o habilidoso político Balzan procurava agradar os grupos do povo, cortejá-los. Mas aconteceu o inesperado. O homem principiou a ser dominado pelo lobo, inclusive no aparecimento dos dentes avultados. E como toda a política tem os seus lobos, Balzan se unia aos lobos. E não se devoravam. Mas a parte do homem que entrava no lobo, lutava. E de repente, o lobo que o habitava na noite começou, aos poucos, a devorar o homem que não resistia. Foi quando o lobo tomou posse do lobo. E o governante era então só lobo, mudando de alma. E tomou corpo, pelos, focinho e dentes de lobo. Mas Balzan desejava ser solidário, fraterno e tentou aproximar-se do povo, quando não saía voz, mas uivo, e espantava na aparência. Mas se mostrava lobo manso e, quando isolado, tinha acessos de demência.

E Leocádia, a benevolente esposa, de noite, fugiu pelos fundos, apavorada. Levou com ela para a casa dos seus pais, em Riopampa, Timóteo, agora adolescente. Único modo de existirem a salvo.

E Balzan passou a usar a estratégia de atrair os lobos dentro dos moradores, com desígnio de compor alcateia. A raça dos lobos se atrai. Mas o povo, apesar das benesses e agrados, pressentia ser muito perigoso o lobo, sujeito a devorá-lo, fazendo-se amigo. Lobo era lobo e homem, homem. Furtivamente Balzan passou a chefiar lobos em Lajedo, que se congregavam a ele e invadiam as repartições, assembleia e partidos. Malgrado esses eventuais apoios, obtinha pequena aceitação do povo, o que não lhe trazia segurança no poder. Pregando, assim, uma nova linha democrática: a fraternidade do lobo. E, na ambiguidade, como virtude, dizia combater a raiz do lobo, o cerne de sua dita ferocidade, com o fim de o santificar e exalçar. Mas a natureza não vai contra si mesma, inda que o santo vá por outro domínio, o do jugo da carne, a uma dança de vida e até da expiação. Não vai contra, no caso, pela culpa original dos lobos. Não.

Balzan chegou a acreditar nessa fraternidade, de tanto negociar na praça do destino. E acreditar é ato de construção dessa fraternidade, quando ele próprio se deu conta de que ela era como um peixe que deambulava no chão, em vez de nadar em águas propícias, sendo eminentíssimo lobo, não peixe. E nem sequer vegetariano, mas carnívoro, submetido às volúpias de lobo. Raros criavam nessa exígua fraternidade e se arredavam, e Balzan restava só, intruso na tribo dos humanos, que se rebelou contra ele, também por variar de opinião e não demonstrar leme no rumo. Com medo de que até o lobo fosse derruído, encerrou-se em casa. E os lobos ressabiados murmuravam entre si: — É um dos nossos e não quer nada conosco!

Balzan se amargurou, então, com a distância que havia entre o lobo e o homem. Nem se importava mais com a mulher, Leocádia, que fugira, nem com seu filho, Timóteo, únicos seres que o estimavam. Era o lobo que envelhecia no lobo, longe dos ancestrais ou da estirpe? Expulso do partido republicano, a que pertencera, e do governo. Ao mudar de alma, mudou de pátria e de infância.

E, como lobo, começou a pensar em Deus. Desamparado, não podia procurá-lo como homem, cuja condição perdera, mas como lobo. E teria alguma misericórdia? Pecara ao mudar de natureza, pecara ao desalojar dele o homem. E no peito a palpitar seria o mesmo coração? Ou era lobo com coração humano, já que a penúria e a angústia o atordoavam? Sim, mudara de natureza, para tormentosa condição que abatia os humanos.

Havia Deus. E, lobo, ainda lia como homem e há muito não pegava sua *Bíblia*, ou *Livro do Caminho*, encadernada sobre a estante com outros livros de que gostava. Abriu a Bíblia e sabia que Deus falava no Salmo 4:3: *"Sabei, pois, que o Senhor separou para si o que lhe é querido e ouvirá, quando clamar a ele"*. Haverá operação de Deus a favor de um lobo, ou Deus se acostumará com um quebrantado lobo? Certo é o ditado gitano de que "Deus vê tudo e não diz a ninguém"? Ninguém haveria de saber da intimidade entre um lobo, com vestígio humano, e Deus. No entanto, sempre chovem infâncias nas cabeceiras de Deus, e Deus chove de piedade e não teme o lobo. Conhecendo a fúria da fome e como ele, lobo, estava sujeito a nutrir-se de animais e homens. Mas Deus respeitava sua única liberdade, a de respirar. Balzan descobriu que ainda lhe permanecera de homem a possibilidade de sonhar. E ao dormir, achou novo sonho, e era uma loba formosa da floresta que o seduzia de amor. Ao despertar, Balzan afastou a ideia do amor, menos exigente para ele do que o instinto de fome, que era seu pavio de justiça, e nunca como homem, menos ainda como lobo, conhecera a história universal dos animais.

9.

As palavras no escuro são mais pesadas que as palavras na luz. O escuro do lobo era a luz do homem?

Leocádia, ex-mulher de Balzan, foi minguando, lentamente, como se a morte nela fosse ocupando espaço, avançando. Ou era um câncer. Mas foi a tempo extraído no hospital, onde morava, e se recuperou tenazmente, como se tivesse uma segunda natureza, mais próspera e fluida. Com o filho Timóteo ao seu lado, em Riopampa, ficara absoluta, invencível. Sem peso de alma.

Dizem que os vivos temem aos vivos, mas são os vivos que temem aos mortos. Ou não sabem o que fazer com eles, ainda mais no centro das calamidades. Sobretudo porque incomodam ou amedrontam. E arranjam gavetas ou caixões em qualquer lugar da opulenta terra. Ou, sem lugar, inventam buracos entre os cogumelos, ou mesmo nos sonhos. Ou é ato de pura liberdade da matéria na matéria, quando o espírito some, ou imerso, o corpo desce ao fundo.

Timóteo, agora sozinho, caminhou na campina, perto de álamos esplêndidos, sentindo-se poderoso como um cavalo. E o que ninguém sabia, salvo Timóteo, é que um cavalo batia as patas dentro dele. E via que a garra da mão esquerda estava diminuindo. Controlava-se muito para não sofrer, se fosse cavalo, o preconceito da insondável sociedade humana.

10.

Teria Timóteo dentro dele um cavalo, ao sentir o bater de patas no ventre? Afastou o pensamento, bastava a perda de sua mãe. Resolveu viajar para Lajedo dos Pardais e encontrar seu pai Balzan. Não temia o lobo, podia temer, sim, o homem. E o homem às vezes é lobo, e o lobo, homem. Outras vezes é o governo, o lobo de si mesmo. E o amor desarma o lobo do homem. O que sobra do amor? Até o juízo se dissolve no amor.

Timóteo procurou o pai em casa e o achou. Amantino Balzan contemplou-o, não o via há muito. E os dois se abraçaram. Balzan custou, saindo-lhe de dentro: — Filho! — Veio como um grito das raízes ou nascentes de Deus. A natureza de Timóteo e a do pai juntaram-se sem margem. A felicidade é um raio que atinge e encanta. E o que encanta, não morre. O segredo se recolhe e perde água. A água se concilia ao fogo. Tudo se imagina e não acaba de se inventar.

11.

Amantino Balzan disse:

— Filho, estou chorando, eu, um lobo!

— Pai, seu chorar é de homem!

— Será que o lobo em mim está recuando?

— O que vejo é o que existe, pai. Seu rosto está mudando. Vejo radioso o seu rosto.

— O homem engole o lobo? Como, se mudei de alma? O homem se complica no lobo e o lobo no homem!

— Pai, amor que muda alma!

— Então só a vontade de mudar de alma não determina. É preciso que alma saiba e queira.

— Mas, pai, há um buraco acordado no amor que chama alma para fora e ela ouve.

— Sim, ouviu. Estamos juntos agora. Até me esqueço de mim!

— Esquece. Mas morrer não. O que cai na árvore, ajuda a crescê-la.

— O que morre é o tempo, não a viagem!

— O homem se evadiu para o lobo, com saudade do homem, fez com que ele retornasse.

— Não entendo, mas que importa? A voragem do lobo caçou, dentro, o homem. É difícil a compreensão de um penetrar na compreensão de outro.

— Não, não podemos sair de nós.

— É porque o lobo tinha o rasto do homem.

— Aonde, pai, só você chega!

— Não sei, filho! Posso morrer em mim mesmo, morrer no lobo e morrer no homem. E eu quero arrostar o desconhecido.

CAPÍTULO SEGUNDO

1.

Alúvio Solário, ao sentir-se muito vivo, tinha impressão que voava, singrando os ares, cortando espaço, ou então parecia morto, inanimado, como uma pedra.

Mas pedra é a palavra que se abre, pedra a aurora, ao sair da noite. Quem veste o leopardo é a escuridão, quem veste a escuridão é o sonho.

E Alúvio sonhava muito acordado. Flutuava com as nuvens que se avizinhavam nos montes de Lajedo dos Pardais, e era como se os montes crédulos escutassem os homens. A vida apertava vida.

Súbito começou a chover, era fogueira de água o céu. Com as sibilantes trovoadas.

Alúvio cursava a Universidade de Letras, de Assombro, e as trovoadas lhe estalavam na memória e vinha-lhe o rosto iluminado, sorridente, de Ricardo Valerius, com dois veios sulcados de cada lado da face. Fora seu discípulo, aprendendo sobre o delírio da razão criadora, ou sua estética de contradição. Consolando-se nos símbolos e mitos, sendo a filosofia a interminência infatigável de ver. E de ver, Alúvio achava-se voando, aborrecendo-se com a realidade dos pés atados à terra.

Vivenciando os versos do espanhol Jorge Guillén, de assídua leitura: "Tudo o que perdi/voltará com as aves". Compreendendo que no vagar as asas geram o voo, como o delírio da razão é arrebatamento da infância, não havendo infância, sem arrebatamento. E a vida é um descuido de inventar.

2.

A dedicação na matéria filosófica levou Solário a mestre, lecionando na mesma Universidade, com o fervor dos alunos na fascinação, inquietude e suspeita da descoberta do ser. Seu pai, Aristóteles, o acompanhava curioso, de longe e de espreita. Solário sofreu, por lei da morte, a perda de Arnaldo Jordan, devotado amigo de infância que dormiu na morte. Teve um AVC, era jovem. Não o viu no rosto final, e alegava que só iria forçado a seu próprio enterro. Contudo, era como se o amigo tivesse tomado um trem sem estação. Sentiu-se sufocado por vários dias, certo de que a morte não possuía razão alguma. E se os que nos hostilizam são mortais, duro é que morram os leais amigos. Soube do velório e dos muitos acompanhantes no derradeiro espetáculo que se encerrou com o sepultamento sob o tampo da terra.

— Tudo passa! — foi o consolo quase calado, entre flores. Essa fatalidade dos mortos não compensava a altivez dos vivos. Ou era a forma suspeitosa de como os mortos temem os vivos, ou a maneira de os vivos se confirmarem doídos, impotentes.

E Alúvio viu nesse delírio impetuoso da morte o que dissertava aos alunos, o gozoso delírio de acreditar no abismo. E até a bondade goteja na morte, mesmo sob o raso da terra. Ou o peso das paredes. O tempo conhece o homem, mas o homem não conhece o tempo.

3.

Alúvio morava em Assombro, em rua estreita, a rua dos Quintais, onde mal passava um burro. Casa pequena e um pátio de limoeiros, dois quartos, cozinha, sala exata e livros. Perto no armário, uma águia branca e várias águias menores. E estava certo de que o espírito era o que exigia de si mesmo.

4.

A história de Lajedo dos Pardais, ainda que perneta, chegava ao conhecimento de Alúvio. A história dá voltas e vai ao mesmo lugar.

Recebeu a visita de sua mãe, Olívia, que o informou do que ocorria.

O governante Amantino Balzan ascendeu ao poder, com votação elevada e alto prestígio. Mas foi-se mostrando diferente do que dizia nos discursos, numa instabilidade delirante entre o ser e o fazer, ao trocar semanalmente de tom. Ora atacava as demais instituições, como o legislativo e os juízes, ora desmentia tenazmente, ora investia contra a imprensa, começando um processo de intoxicação de lobo, a poluição sistemática, alcançando o fluido desejo e a condição de lobo que se organizava.

— Quem suporta um lobo no poder! — exclamou Alúvio.

— O poder quando cresce e exagera é lobo! — afirmou Olívia, cismando.

— Mas pode o governante ser o mesmo homem que foi escolhido pelo povo?

— O que muda de alma, muda de rosto. No início, por dentro, ninguém vê. Depois, por fora — advertiu Olívia —, é vontade de alma que muda tudo.

— Eu, mãe, ainda não consegui ser o que desejo.

— Como?

— Desde criança, mãe, sinto sempre, no interior, um empurrão de asas.

— Asas?

— Sim. Uma impressão quando durmo. Movimentos por dentro de mim. Já sonhei que tinha asas e, com elas, subia e descia os montes. Mais: as asas se colavam aos ombros.

— Estranho, filho! Quando estavas no meu ventre, senti que asas batiam numa só pancada. Talvez seja destino.

— É, Mãe, destino não se escolhe, se vive.

— Não sei — observou Olívia —, o que existe, existe para um fim.

— Não há acaso, mãe!

— Não. O acaso é um cão que late aqui e repercute além. Tudo repercute. Até o que não se sabe ou vê.

— Ou é um instante, único, em que tudo acontece. Até o acaso.

— No bater dos pés tremerá a terra? Talvez não há mais descanso nos subterrâneos.

— Mãe, o subterrâneo do homem voa?

— Não sei o que voa no homem. Gostaria de saber. A razão não imagina.

— Mãe, a razão não imagina nada, a razão duvida e delira com o que não alcança ver.

E entrou naquele momento, quando mãe e filho conversavam no pátio com limões, o pai, Aristóteles, tirando o casaco escuro. Alúvio acendeu o assunto que era saboroso para seu pai.

— É verdade que Alexandre Magno punha sob o travesseiro, todas as noites, a cópia da *Ilíada*?

— Sim. Eram anotações de seu mestre Aristóteles — e sorriu como se estivesse encontrando a raiz de seu nome. E completou:

— Alexandre estava tão obcecado pela *Ilíada* que depôs coroas nas tumbas dos heróis Aquiles e Pátroclo. Dormia no dia da feroz batalha contra Dario e teve que ser desperto, pressionado pela hora do combate.

E Alúvio: — Mais, conquistou a Ásia usando uma armadura homérica. — Apreciava imitar a erudição do pai, que carregava o nome do filósofo grego. Aliás, há os que se apossam do nome e outros deixam que o nome se apposse deles. Era o primeiro caso.

De repente, a conversa girou em torno do governante Amantino Balzan. A mãe calou e o pai tomou tenência na voz. Fora funcionário eventual do governo.

— É incrível como se foi tornando lobo, depois de eleito democraticamente. E o que esperar de um lobo no poder? Soube que ganhou pelo e avultadas mandíbulas. Ficou eminentemente perigoso.

— Perigoso é o poder, pai, não o homem.

— Sim. É difícil o poder fazê-lo mais humano. Optou pelo lobo...

— O poder desequilibra, pai. É sono que não segura o pesadelo.

— Pesadelo para o povo!

— Filho, será o lobo casulo do homem?

— Talvez o homem seja uma parte que entende e a outra que não entende: o lobo.

— Quem sabe se nalgum lugar — observou, pensativa, Olívia — lobo e homem se encontrem.

Concluindo Alúvio: — Ou foi o homem expulso da alcateia, desconhecendo que era lobo.

5.

Dali saiu Alúvio, abraçando os pais, e chegou ao rio Arcanjo, que brotava de um grande rochedo, com o filão frutuoso de água que vinha por baixo. Alúvio, na infância, se banhava nele e era seu companheiro de fala e repuxo. Descobriu que ambos tinham a mesma alma. E havia uma corrente lenda de que quem sua água tocasse, poderia trazer curas miraculosas. E tinha intimidade com o rio, confidenciando-lhe solidões, mágoas, venturas.

Quando o sol batia no rochedo, a luz se derramava, e a luz não dorme nunca. Os dias não passavam iguais aos sonhos. E por amar o rio, Alúvio sabia seu segredo, o fluir sagrado. Era criatura de respeito e fidalguia. A boa lembrança merece ter pernas compridas, que imitavam as pernas e sapatos do rio. Ou é a saudade dos vivos que gosta de esconder-se nas suas voltas.

E um vento manso rangia ou, após, imaginava o rio descalço, por haver roto o calçado, caminhando, barulhando entre as pedras.

O rio não mente quando fala de si mesmo. As autobiografias, em regra, inventam, falseiam — pensou Alúvio — o rio, mesmo ao memoriar, é exato.

6.

Havia um estadista em Riopampa, região lindeira, que assegurava: — Votos não se tem, se teve! — O que explica o que sucedeu com Amantino Balzan, que entrou no governo muito votado, quando homem, arredado pelo Legislativo, quando resolveu ser lobo.

Mas não antes de baixar um decreto, no auge da loucura, mantendo todos os habitantes presos em casa, para não verem sua face de lobo. Guardas vigiavam a população assustada, impedindo-a de vir às ruas.

E saiu uma falsa notícia do palácio que o governante tinha tanta luz no rosto, tal clarão de potestade, que poderia fulminar quem o contemplasse.

A demência se fez coletiva, o cerceamento da liberdade de todos criava a impressão de o governante ser a mitológica Medusa. O que revoltou, a ponto de repercutir no Legislativo, determinando, quase unânime, o término do mandato do Chefe do Executivo.

A surpresa foi o fato de o governante haver atraído um grupo de apoiadores. Com a divulgação de que o governante era um lobo, não homem, o tal grupo passou a usar máscaras de lobo. A loucura é a desorganização da alma dentro do corpo. Ou a razão vai explodindo os pensamentos, sem ninguém entender como o vírus da cega loucura lograva encarcerar ou condenar os vivos.

CAPÍTULO TERCEIRO

1.

Não há lua no oco tronco da árvore, mas a lua brilhava no sonho do jovem Alúvio Solário. Lembrava na luz a figura de Arnaldo Jordan, sorrindo ou brincando, ao jogar seixos no rio Arcanjo, e os círculos concêntricos na água se mesclaram aos seus círculos da memória. Mas Alúvio e a lua estavam ali. Jordan foi tirado de envelhecer, com o coração de gota limpa do rio.

Sonhou que havia um muro perto e uma águia pousara. Imóvel, soberana e era casa abandonada.

Anos mais tarde, aos trinta e três anos, o sonho se repetiu, com a diferença: a águia branca voava.

Foi quando Alúvio, fitando a alva árvore da lua e o manar da água, imaginou novamente a águia e a estreitou na imaginação. Mas a imaginação é uma bicicleta solta ladeira abaixo. A bicicleta não parava, mas ele parou no vagar da realidade.

Os fragmentos do sonho são mais preciosos que o sonho. Contudo, Alúvio tinha a suficiente lucidez de distinguir no sonho o delírio, e na razão, o sonho.

2.

E o amor? Alúvio Solário se fixava, como leitor, no espanhol Gôngora: "Amor cego, / sem romper muros, / introduz fogo". Depois pensava no sábio Shakespeare:" O que defeito tem, esforço emende". Mas não há defeito, só esforço.

Alúvio conheceu o fogo e a estrela até sem esforço. Num lugar tormentoso, o foro, onde foi ver uma certidão, por solicitação de seu pai. Ali achou Matilde Petra. Morena, de olhos pequenos e cintilantes como rubis. A altura se afigurava maior pela beleza escultural.

Ao vê-la e conversar com ela, ficou cativo, como se a tivesse visto nalguma região da infância. E é de infância que o amor começa e não termina. Ou não acaba de ter correnteza do oceano. Ou tantas fases de lua, como as do oco da árvore. Ou tantas gerações de árvores e folhas. E o que nasce é porque brotará nalguma seiva da natureza ou da alma. Ou amêndoa que rompe sua régia dureza.

Alúvio a viu e ela o aceitou de ver, de encantar-se. E não perdeu a ocasião, antes que se desclariasse. Marcou almoço no Abrantino, perto do foro, e ali não precisaram ficar muito, porque de dentro havia raiz ancestral, raiz de sedenta primavera, quando todas as palavras se abrem no fulgor. O que é de pura natureza e de Deus. E o homem vai por onde pende sua raiz.

Alúvio ficou aterrado, desde então, na estrela e no fogo. Tinha asas, não mais sozinho. Que de amor se voa, como as aves no alto cimo, ou nas primícias de nova humanidade, que ardeu no abraço de ambos, forte e secreto ou selvagem, com a velha matéria de um só corpo na alma. Assim como se juntam constelações, ou portentosas esferas de voar, e é quando a razão ainda não inventou, nem teve tempo de inventar. Razão não sabe de amor, quando amor avança no instinto e clarão da espécie. Ordem do universo que principia a ter novo nome. E Deus existe, quando voamos.

E no verso de Gôngora foi a perfeita e veloz fusão do destino. A fonte de Alúvio passou a correr junto à fonte de Matilde Petra. E não se sabe como a semente do amor vem à tona e enlouquece de árvore.

3.

Geórgio, o avô de Alúvio, mantinha residência num bairro muito sossegado de Lajedo dos Pardais, o Viemont. Fugia do convívio e cuidava, no pátio, de uma azinheira, que, segundo ele, falava. Constatou o deserto que há nos homens e o sol que os calcina.

Tomava notícias de Aristóteles, Olívia e Alúvio fechando-se no seu pequeno reino com autossuficiência, distanciando-se, assim, do governante Balzan, afirmando:

— Se Balzan é lobo e louco, poderemos esperar alguma erva de razão nele? Ademais, claro é o Eclesiastes: "Quem faz a cova, cai nela". Quem gera o lobo, cai dentro do lobo! E ele parece ser também louco com método. Mas até os deuses gregos eram loucos! — completou.

Geórgio passava o tempo que podia sentado debaixo da azinheira, conversando com ela, recebendo, em troca, ruídos de vento, como de um telégrafo de folhas.

O que se sabe do especioso coração do homem? O afeto que Geórgio nutria pela árvore era tal, que se tornava sua gente rumena, sua aldeia natal esquecida nas montanhas, o rosto de seu povo que lhe balbuciava a alma. E o vinco de ave que lhe acentuava o queixo queria planar sobre as coisas, ou ao menos povoar o covo do tronco ou a numerosa fronde da azinheira. Invejando os pássaros que ali cantavam, sem poder cantar com eles.

Não tinha nada da infelicidade, com as rugas que se criavam nos avos da pele, iguais às rugas da azinheira. E chorava entre as escuridões que ambulavam em torno, negros torvos lampiões.

E parecia ter sonhado tudo, amado tudo no deserto humano. Ou sofrido imensamente de tudo. A única emboscada era envelhecer. E a insatisfação com o governo insaciável de lobos.

4.

Alúvio viu transitar um bando de andorinhas na janela. Era o tardoso céu da manhã, e se lembrou de Matilde Petra. Viu que o rosto do amor era um bando de pássaros, e asas tocavam-lhe o peito, asas se enfiavam pelas pupilas, asas que se atiçavam para ganhar altura, ou presas ao solo. Mas amava, e era um voo contra o esquecimento. Aflorava a saudade, com Matilde dentro numa cachoeira. E pressentia que amar é um geral de amanhecer, coice de sementes. Fumega no paiol do coração e é imemorial.

Foi procurá-la em casa, numa esquina, na rua Grande. Bateu na porta e, assim que o avistou, Matilde o abraçou. Borboletas brancas flutuavam, duas chamas brancas no abraço. Lume, o cão *poodle* de Matilde, pulou atrás de ambos, convivente, cordial, suspendendo as patas no ar, com muitos olhos. E havia um parir de amor, como nova ordem universal e taciturno gozo.

Alúvio, quase levitante na alegria, indagou:
— Você me esperava?
— Sim, esperar tem semente dentro.
— Esperar quando se ama, já é árvore.
— Somos árvores, caminhamos com as folhas.
— Na vereda, as folhas seguram os olhos.
— Não, as folhas seguram alma.
— O amor cuida de nós?
— A luz cuida do amor, aprimora e exulta de coragem.
— Temos um rio juntos.
— O rio Arcanjo?
De mãos e olhos alados andavam. Já sem nenhum descuido.

5.

Amantino Balzan, retirado do poder, ficava intermitente entre lobo e homem. Indignado, não aceitou a expulsão do poder, jamais aceitaria. E se reuniu secretamente com seus seguidores, que lhe reconheciam a liderança e carisma, considerando-o singular patriota. E o patriotismo, quando desintegrado, é idiotia. Mas não se sabia ao certo se o patriotismo estava no homem ou no lobo. Ou era o intervalo entre ambos.

Mas o que importa para a história, se por vezes se mostra cega, surda ou imbecilizada? E as paredes do poder e suas vozes custam a cicatrizar, mais ainda aos que as perderam.

Houve, na moita, o pedido de interesse ou cumplicidade dos militares, dos que simpatizavam com o lobo ou com o homem Amantino Balzan, que se julgava injustiçado.

É certo que os militares, prontos a servirem o Estado, não o governo, recusaram qualquer tipo de sedição, reduzindo, assim, a turba dos apoiadores de Balzan. E não avançou o amoitado intento, com militantes constrangidos e frágeis, já que, ao buscarem o homem, apareceu sombriamente o lobo, acabando por afetar a conspiração.

Amantino Balzan terminou isolado em casa, podendo dar vazão ao lobo na luta contra o homem, tão difícil de conciliar. Inexiste vacina na ciência contra a loucura, salvo o seu cárcere privado. Muito menos existe a probabilidade de mudar o lobo em homem, tendo havido pacto. E temível será se os dois se confrontarem. Com o lobo devorando o homem, que deveria, antes, ter-se dado conta de que o chão vivo é melhor do que o morto.

6.

Aristóteles, pai de Solário, deixou de advogar. Cansou-se das arengas forenses, das audiências e protelações sentenciais, quando o tempo é que entra na justiça e não o homem. Mais ainda quando a voz do advogado já não é ouvida e quase tudo, na prática, é eletrônico, e o juízo se tranca numa brônzea, onipotente torre. Assim, Aristóteles, na farta biblioteca, encharcava-se de filosofia, literatura, sociologia e outros saberes e sabores. Acercava-se de livros e de velhos alfarrábios para pesquisa. Investigava, na curiosidade diante dos fatos, sobre a origem do poder e os tribais lobos na ancestral vertigem. Ou a agonia dos homens com riquezas, ou influências, ou glória sem a descoberta do destino e a infelicidade, por lhe faltar na essencialidade da alma o princípio da revelação da palavra, o verbo imperioso de Deus.

E cogitava quanto o tal governante Balzan, com a consciência do homem, admitia o lobo. Possuíra antes espírito bom, amoroso, até benevolente, transformando-se, por mote de ambição, em soturno lobo.

Todavia, ele, Aristóteles, germinado de estudos e inexoráveis buscas, não tinha divisão no coração sequioso. Como aranha nos seus fios. Possuía razão demasiada e não sabia bem o que fazer com ela.

Seu reduto era a volta constante ao *Livro do Caminho*, seu circuito infinito, sua amizade e sede ante o Absoluto, tal se contemplasse, enternecido, o esplendor, santidade e infância de Deus, mergulhado na infância da Eternidade.

E teve, certa madrugada, a experiência de Paulo, o apóstolo, de ascender ao terceiro céu, com a visão do trono com anjos e anciãos, vagando Deus em todos os céus e o amor em todas as esferas da luz. Lembrou-se de que desejava permanecer ali, sendo-lhe dito que não era tempo. Ao deixar o paraíso, resta a saudade que ainda o embarga, sem dissipar-lhe a vontade. E que ciência ou filosofia poderia saciá-lo diante do Absoluto? E adernava de amor, como um barco no oscilar das vagas, onde o limite do homem roça com a ferocidade da solidão e o sonho. Mas o deserto do homem jamais deixou de ter vertentes ou clareiras.

7.

Amantino Balzan não cessava de conspirar, e seus apoiadores, como ondas, iam e voltavam, sempre ora lobo, ora homem. O lobo era insidioso, malévolo, destrutivo, e o homem, inteligente, com germe de bondade ou astúcia. Era a junção, aparentemente inconciliável, entre mel e vinagre ou entre água e fogo.

Só que ninguém aguardava que os dias de Balzan estavam contados no tear das Parcas.

E, ao subir no monte onde residia e chovia, resvalou quando tentava, demente, colher cogumelos na encosta. Resvalou no monte de úmida terra e pedra, e foi caindo de mais de 15 metros de altura. Era o lobo caindo no homem e o homem caindo, caindo no lobo. E ao termo do chão, homem e lobo guardaram o mesmo rosto de terror. Era um lugar isolado, no abandono e pouco visitado. Ali jazeu Amantino Balzan. Morto. Ninguém o encontrava. E o corpo principiou a apodrecer com crescente cheiro, invadido por vermes, moscas e arrancados cogumelos. A putrefação do homem no lobo com ruído poroso, como um lago de lodo que se espalhava da vaporosa carcaça.

E consta que o ar como nuvem se intoxicou, e o ar tão saudável de Lajedo dos Pardais ficou envenenado, espalhando-se um vírus invisível, proceloso, inominado. E começou a infectar o povo. Foi quando Aristóteles recordou Dante Alighieri, poeta predileto: "Quando escutei as almas tão sofridas, baixei o rosto e a tão longo cansaço, diz o poeta: 'Que ânsia te intimida?' Respondi: 'Ai de mim que me embaraço' (...)"

8.

Ninguém previa que da fusão apodrecida de lobo e homem engendrasse tal rebelião no ar, a aquosa fosforescência de germes de intumescido mal, como se inumeráveis goteiras no teto das almas.

Ao ser descoberta a fonte desse infatigável vírus, o pânico alarmou o povo. Primeiro julgando ser leve, inofensivo, depois atinando na loucura que dele se derramava.

Anônimos e seguidores sepultaram o desditoso Amantino Balzan, viram que não era mais um corpo, era o caos que nem podia ser enterrado, nem pode ser enterrado o caos, já que alargava ao redor, com substância pestífera, podre. Toda a natureza pujante do lobo e do homem passara do estado sólido ao líquido e explodia em poças.

Não havia mais glória alguma. E ao mudar de alma, o que fora o ex-governante desalojava-se sem alma. E a dor do filho Timóteo, sobrevivente da família. A dor suava como cavalos, além, no prado verdejante. E a terra não lograva engolir o defunto, sendo estancada e funda água. Vomitava fora. E o córrego de ossos jaz, ali, em terreno sem dono. Intocado. Com ratos compassivos e delirantes que o cercavam na fuligem. Sem fecho e sem pés de aragem.

CAPÍTULO QUARTO

1.

As partículas virais que os habitantes de Lajedo dos Pardais respiravam, inoculavam a cidade dos restos decompostos do lobo e homem, mais do lobo que do homem, como se viu pelo efeito surpreendente. Atacava não os idosos, mas os jovens, no crescer demasiado dos dentes, em pelos e ferocidade de alma, e alguns se guarneciam de patas de numerosa contaminação, segundo analistas.

Os que usavam máscaras de lobos, que tapavam os olhos e o nariz, não eram atingidos. E os médicos apenas conseguiam dar a obrigatória solução de cárcere privado ou de confinamento no lar. Era a liberdade ou a penosa transmutação.

Apesar de especialistas acharem a vacina, aplicável somente aos que escapavam do envenenamento, era a injeção arrancada do sangue de um lobo do zoo, que ignorava os outros lobos de mesma espécie que o contemplavam, tendo sido certa vez humanos.

Sim, os lobos, que eram jovens, para sobreviver formaram nova estirpe, ou a classe que conquistou o governo de Lajedo dos Pardais, e foram representados por um tal de Guadalupe Pinzón, alto e magro, de espessas pálpebras, gloriosas patas de lobo e acabrunhado focinho. Incrivelmente chegou ao poder por eleição democrática.

E tinha em mente o que chamava de "fraternidade dos lobos", sociedade forjada na memória de Amantino Balzan, cidadão da grei.

Lajedo dos Pardais alcançou subsistir com o término do vírus, quando os habitantes tiveram que se recolher sob a máxima: "o avisado se esconde", salvando os justos que superaram a calamidade, continuando humanos, ainda supremo bem.

E consta que foi levantado na praça principal um monumento para a posteridade, uma estátua, rente a um canteiro de crisântemos, metade lobo e metade homem (o lobo tomava primazia no âmbito social), com o nome de Amantino Balzan.

2.

Timóteo, o filho de Balzan, jamais se investiu de lobo, nem foi tocado pelo belicoso vírus. Levava talento e garbo. A garra na mão esquerda sumira, sem explicar. Era poeta num período em que tal ímpeto de versos era marginalizado, como, de modo geral, a cultura era censurada pelos lobos. Morava na casa do monte, onde vivera seu progenitor.

Funcionário municipal, cumpria seus deveres, e os poemas se amontoavam, em segredo.

Escrever era ser transportado de palavras, indo até aonde a criação o levava em êxtase ou sugado de mistério.

Havia um boato de que o mistério emagrecia. Não a ele, que registrava nos versos a alma de sua gente, quando a palavra se tornava maior do que ele. E servindo o que lhe dava voltas na luz. Ou no dizer de Luis Cernuda, que admirava e que sobreviveu no exílio, "nenhum país suporta os seus poetas vivos".

3.

O avô de Alúvio Solário, Geórgio, faleceu à beira da sagrada e benemérita azinheira. E a árvore, de tão boa fala e companhia, acompanhava-o na terrena peregrinação, considerada como seu povo. Morreu Geórgio já velho e pariu das entranhas gaguejante coruja. Inerte, o corpo com a morte, goteira rixenta. Vira: o tempo e a morte na barriga não sobe à língua. E a morte sobre ele investiu triunfante.

Foi sepultado no pátio por Aristóteles e Solário, postando-se a coruja na obstinada azinheira, com comovida fidelidade. A coruja, ditosa, achava sua vegetal e longeva genealogia.

4.

O pai de Alúvio Solário, Aristóteles Analdo, partiu para Riopampa, onde comprou uma fazenda, com casa grande, riacho perto, e se dedicou a criar cavalos de raça.

E em Riopampa avultavam as criações de cavalos, desde quando foi governada pelo famoso Abedón. Os cavalos pastavam à sombra de alguns bois e cristalinas léguas ao redor.

Com a obsessão de leituras, avizinhava-se de livros, que sublinhava com sua letra vergada e veloz, como se tivesse surdo galope na mão.

Guardava a palavra com memória escondida do paraíso. Dava nomes aos cavalos e amava montá-los no seu campo.

Consta que os cavalos confidenciavam a ele. Não sei em que língua, mas não importa. Davam olhos na fala. A fortuna ou o infortúnio da solidão se costura mais com os animais generosos, afáveis, do que com os homens.

Aristóteles não era de mudar de alma, aceitava o destino com a benevolência das Parcas e o exercitar das ideias. Pertencera, o que não registrei, à Academia de Filosofia de Assombro, presidida pelo renomado Ricardo Valerius, que após o passamento do saudoso Mestre, sem sucessor à altura, se extinguiu.

Colecionava estátuas de madeira de Dante, Virgílio e Aristóteles no escritório. E com vida recolhida, após a apaixonada leitura dos livros, começou a ter conduta estranha, ou a mania de os ir enterrando no campo. Dizia que lhes dava a oportunidade de brotarem, ou serem árvore. E assim foi enterrando a biblioteca inteira, não sem o ofício de austero silêncio.

Só permaneceu intocada na mesa de trabalho do escritório sua *Bíblia*, encadernada e toda sublinhada. Sabia capítulos de cor, certo de que a palavra com espírito lhe preservava eternidade. Apreciava repeti-los na solidão e era um rio que corria para dentro das coisas, mantendo-se jovem na palavra ou retornando à jubilosa pátria da infância, com o coração velho de idade na palavra que não acaba. O paiol da animosa primavera. Ciente de que o que não acaba é palavra. Como o sonho é de quem acorda no silêncio sem ossos.

5.

Timóteo, filho do finado Balzan, usou o barco que comprara, e deixara atracado na praia de Riopampa, perto da morada de

Aristóteles, a quem prezava, puxando-o para a água; como um cão, a coleira.

E o mar se entreabria para ele, singrando as ondas altaneiro. E como poeta, assuntava. Viu quanto o esquecimento estava a serviço da memória, para que ela se repetisse e se reinventasse.

O que escrevia, não lembrava. Só se revisse os papéis. O que escrevia era versão nova de alguma perdida obsessão. E escrevia agora com os dedos dos remos na espuma. Ou no tronco da árvore das ondas. Quando recordou, ao vento, os versos de Gôngora: "Tronco cego;/ quem mais vê, quem mais ouve, menos dura".

Mas o que dura? — pensou. O que sobrevive no oceano do medo, com o mundo batendo sua água contra o rochedo?

Balzan, seu atormentado pai, a quem o lobo e o homem se aliaram, veio-lhe à mente. Leocádia, a mãe que lhe acarinhava como se menino fosse,agora calada, refletida nas vagas e lágrimas. A memória é esquecimento às avessas.

CAPÍTULO QUINTO

1.

Fascinado estava Alúvio Solário, ao contemplar na montanha o trovão rebentando em ãos de eco e, lá em cima, a águia com o bico espiando os olhos do céu voando. O que é sensato na beleza? O que se define nos relâmpagos?

Há consolo nos mitos que se aperfeiçoam no trovão, o trovão do coração pulsando o mito.

O ar é usado de ar e se molhando a chuva, caindo de água, em que se encostava a tarde. Com o barulho de pedradas no chão.

Solário começou a sentir falta de Matilde, não delineava com clareza a profundidade dessa ausência, como lança tocando no eito do peito, com gemido que atravessava a chuva, rolava na montanha, eclodia nas árvores. Como uma vasilha furada no vento. Ou a sola exposta dos sapatos da tarde. A alma de Alúvio pesava quilos de muita altura.

E Alúvio foi atrás de Matilde Petra, como se tudo chamasse seu nome e não resistisse. Como uma águia que pousasse num cavalo, e ele aceitasse a águia no lombo. Mas a que cavalga é a águia no céu e a tarde correndo atrás do cavalo.

2.

Juntos, Alúvio e Matilde. A chuva cessara com suas longas pétalas. Por que o amor é uma rosa furiosa no dia? Cada olhar no amor tem sua própria existência, quando amor não possui erudição. A vida não sabe calar, nem sofre de surdeira.

— O que me acontece — disse Matilde —, o que me acontece de amor já não sei.

— E eu acho que estou doente.

— Doente?

— Sim, de quê?

— Amar é doença de memória. Começamos a esquecer tudo, de amor. É água que queima o fogo.

— Eu te amo porque me amo. E nos amamos de encontrar o amor.

— Nossos ouvidos e olhos ficaram mais velhos do que nós.

— E amor é espírito!

3.

Alúvio e Matilde Petra foram caminhando, passaram por um bosque com relva, cogumelos e chegaram ao rio Arcanjo. Consta que ali apareceu um ser angelical curando enfermidades, e era o rio com que Solário tinha intimidade, guardando confiança de que o rio no amor os arrebatasse. O que se inventa não precisa de verdade, precisa de sonho.

Branca branca a foz do rio, brancas labaredas de seu curso andarilho, parecendo o céu branco no seu branco limite e os peixes saltando, brancos.

— Tudo é sinal! — Alúvio disse.

— Tudo sabe de nós pelo rio.
— O que sabemos de nós neste rio de amor?
— Vê, ali, o redemoinho!
— Deus fala no redemoinho.
— E o que se cruza é amor e o que não se cruza.
— O rio é sem esquina e de alma visível.
— O mundo não tem esquina!
— Nem luz. Vê: o redemoinho delira. É o tempo!
— O tempo não para e roda.
— Rodamos no mesmo eixo.
— Afundamos de amor.
— O sotaque do repuxo.
— Sim o repuxo de sonhar junto.
— Temos palavra e não há impossível.
— O impossível nos ama, até o possível.
— Sim, passamos alma macia do céu.
— Alma é maior do que o corpo?
— O corpo é alma e a alma, corpo.
— E se subirmos de amor, unha nenhuma sobrará no mundo.
— De amor, a eternidade é infância.
— Mas tem meninice a eternidade?
— O que não morre, tem infância.
— O paraíso é onde a infância tem Deus, árvores, rio e o orvalho acorda os anjos.
— Amor é conquista de voltar novamente à infância, que não desiste de sua sede.
— Porque sede de infância é amor.
— A lentidão do tempo é a velocidade de Deus.

4.

Havia um profeta em Lajedo dos Pardais. E o aparecimento de um verdadeiro profeta é quando Deus ainda quer falar aos seus.

Rosto redondo como moeda, olhos crepitantes, de um vulcão que não cessava de formar lavas, eremita por escolha, despojando-se dos bens, e era abastada sua família. Temido, em regra, pelos governantes, honrado pelo povo.

Buscava a santidade, a intimidade com Deus no *Livro do Caminho* pela revelação da palavra. Quando meditava no livro, todas as letras ficavam cegas diante do Espírito. E o que saía de sua boca podia ser perigoso se anunciasse o mal e a plenitude, se adviesse o bem. Mas um profeta apenas é avaliado com o cumprimento da palavra proferida.

Eziel era seu nome. Deixava avultar a barba, como se do Velho Testamento fosse.

E Eziel tinha o hábito de conversar com os pombos e andorinhas, como se gastassem assuntos de universo. Ou ficava falando com um formigueiro, ativado com sua mínima tribo, e as formigas se assentavam para ouvi-lo, altivas. O segredo era como conseguia comunicar-se, já que até os pirilampos se abeiravam dele, quando perambulava pela floresta com sua túnica escura. Ou era visto no rio Arcanjo, onde se banhava, entrando nas insubmissas veredas da foz.

Eziel dizia e suas opiniões se derramavam entre o povo, com venerável acato:

— Não sou eu, pobre, dependente, que puxo Deus. Deus é que me puxa de amor! E Eziel era arrastado em fogo, ao alto, levitando com leveza de vento sobre o bosque, a floresta, o rio.

Afirmava: — Há que humilhar-se, para se elevar! O ar é inocente no sigilo do voo. A alma quer Deus. Mas a felicidade não é inocente. — E insistia — Deus deve nos vencer!

E adiantava: — Os homens não sabem quanto Deus é simples! Se soubessem, mudariam de rumo. E a santidade também é simples. Não é loucura, é permitir que Deus nos leve.

E acresceu, o que é relatado pelo testemunho de dois moradores: — Não se pode evitar a luz! Não, não quero ser compreendido, mas compreender, sabendo que o que parecia velho, já se renovou. E a palavra tem infância!

Perguntado se desejava a imortalidade, respondeu inesperadamente: — Não devoramos a imortalidade, ela que nos devora. — E continuou — Os vivos é que devoram os vivos!

Ninguém compreendeu, nem carecia. O eremita Eziel, como era sabido, morava na reentrância de uma montanha, ou a montanha morava nele. E chegou a muitos a sua profecia sobre o advento de um tempo de espessa escuridão, sujeito a invisível, mórbido poder, com terríveis e adversas mudanças de alma. Ou à desolada invasão dos lobos e do tigre, com operosa loucura. Mas advertiu que o povo oprimido, cedo ou tarde, se libertaria.

E Eziel não viu, tão absorvido em Deus, quando o louco varrido Isaque Dalburi, natural de Pedra das Flores, enfiou-lhe a faca nas costas.

O povo chorou e fez seu solene enterro. Mas Eziel foi devorado pela inefável imortalidade.

5.

Guadalupe Pinzón, novo governante de Lajedo dos Pardais, lobo, escolheu secretários de confiança em oculta sociedade de homens que serviam por íntimo pacto aos lobos. Sem delongas, começou a cumprir-se a profecia de Eziel, e os profetas só têm reconhecimento ou glória quando as invejas somem e é inoxidável a memória.

Havia um porém: Pinzón almejava ser invisível aos olhos dos habitantes. E quanto mais lobo, menos homem. E explicava, sorridente, aos cúmplices: — Os mortos zombam dos vivos por nada saberem sobre eles.

Guadalupe Pinzón sustentava obscuros hábitos. Além da natureza de lobo, trocara de alma, tomara focinho e peito de tigre, com ferozes garras, vivendo a mistura ou a luta dentro de si, a falta de harmonia ou completude. Aliás, um eminente pensador de Lajedo, ao estudar as metamorfoses que ocorrem por vontade humana, deduziu que nenhuma delas poderia produzir-se fora da inimitável paixão. O frio ou indiferente não logravam metamorfose alguma. Assim admitia, convicto, John Lucke, mordaz teórico e visionário.

Solitário, fugia da vista e do conhecimento dos governados, para não os amedrontar. Governava com prudência da minúcia e desmedida ambição, usando o tal secretariado no dito convívio fraternal com o povo. Pinzón restava imponderável, eminência escondida, com forte liderança nos destinos daquela república.

Cuidou da economia, que ficara quase destruída com o desastroso vírus que atacou a população, com o confinamento adverbial e científico, já que os médicos desencantados só acharam essa admonitória solução.

Com a abertura do comércio, Pinzón, com singular sensatez, fez igualmente prosperar a agricultura usando as forças da comunidade.

E apesar de seu lado de tigre, carregava um resto inteligente de homem, para não dizer de acentuada, gotejante inteligência. Embora parecesse fragilizar-se.

E passou a ser amado por sua gente, ao desenvolver bancos, ao apostar no incentivo a restaurantes e lojas, com a moeda pacificada ou circulante.

E o seu secretariado, mesmo servindo à sociedade dos lobos, mostrava competência, afeiçoado à coisa pública, na medida em que o poder alcançava ser domesticado. Já que o amoitado lobo o dirigia. Ou era a concorrência fortuita dos átomos.

6.

Orelhas grandes de burro, olhos resvalantes de idiota, pequeno, gordo, andando desengonçado ou se arrastando como uma tartaruga. Tortos passos se balançavam igual a um cata-vento. Morava na rua de Alúvio Solário, só que junto ao beco.

Sua imbecilidade era adventícia e progressiva. Dizia frases rotas, desencontradas entre si, como ruas estreitas. Chamavam-no de Zefa, ou Aristides Zefão. Tinha escuridões em dia pleno, com pequenos relâmpagos e esses eram quando um laivo de sensatez o abarcava. Mas a razão se perdia na surra das palavras. Como se deslizasse pela encosta, ou a encosta o empurrasse para o ermo.

Quando a sociedade dos lobos avultava em Lajedo dos Pardais, Zefa era a pureza ou a deslocada solidão da imbecilidade.

Tinha a escureza do lobo, sem a crueldade. Como o louco já foi tido por sagrado entre os antigos. Ou era uma espécie de morte entre os vivos, tal se não tivesse nascido, com a indagação de Sêneca querendo saber onde jazem os seres por nascer.

Mas a consolação de Zefa era a de que tinha pais que o protegiam, entendiam apesar da obscuridade e o sustentavam.

Zefa tentava ler na escola e não aprendia. As letras não o alcançavam ou ele não achava as letras. O livro era como fogo baixo na inteligência. O Mestre da escola, Leardo, forçava, como se batesse pedra no surdo fanal de nascença. E com quantas pedras se faz a idiotia humana?

Zefa, pobre, nervoso, impotente, chorava e batia com a mão a cabeça, desejando abri-la e nada.

O desregramento do espírito desregrava-lhe a alma. É como a razão se furtava da razão. E numa imagem do poeta latino Virgílio, a mente de Zefa era vaso de bronze agitando água no sol.

Contudo, diz Montaigne que somos homens apenas pela palavra, mas Aristides Zefão não chegava a tanto, nem a menos.

E a tal imbecilidade fizera a fama de Zefa, como sucede aos extremos, seja do gênio, seja da estupidez.

Esse renome chamou a atenção do governante Guadalupe Pinzón, singularmente curioso e vigilante em sua cidade.

E como o governante adernava, além do homem, lobo e tigre, aconteceu de serem os extremos na república perigosos para ele, e ele os queria dominar ou serenar.

Zefa se mostrava inofensivo, mas o que passava na mente do governante era o temor da desrazão do homem. Mas pode-se condenar um ser por conter sua alma enterrada e inerte num corpo vivente? Ou é a infelicidade de não lograr nascer da razão.

Houve um momento de Zefa estar tão desesperado, que se feriu com pedras na insensibilidade, quase em delírio, ou tentou provocar a alma inepta e a resposta era só o respirar estuante.

E um acontecido se deu. Dois guardas, a pedido do governante Pinzón, buscaram Aristides Zefão. Vestia calça e camisa azul e sapatos um pouco rasgados, ao lado.

Sim, o governante queria conhecê-lo no palácio.

Zefa entrou no salão atapetado na companhia de duas sentinelas empertigadas, enquanto Pinzón o espreitava, minucioso, exclamando para si mesmo: — O perigo é todo o excesso!

E veio-lhe a pergunta, como se estivesse diante de um visitante intruso, de planeta desconhecido, atraindo-lhe a atenção as orelhas grandes, as orelhas, alarmadas.

Aliás, disse alguém que um príncipe era admirado pelo tamanho das orelhas, e as de Zefa eram entusiasmantes.

Pinzón fixou-o e disse, para ver se não errava de pessoa: — Você é o Aristides Zefão, ou Zefa, para o povo?

— Sou nada, sou Zefa somente. Nada mais do que eu!

— Eu?

— O senhor é autoridade e não fiz nada. Por que estou aqui?

— Você é diferente! Mas é verdade! Sem transgressão não há lei.

— Eu sou eu e que letra tem a lei que não consigo ler?

— Não lês?

— Não consigo, não!

Mas o lobo advertiu ao tigre em Pinzón a desconfiança. Via escuridão cambaleante no Zefa, como redemoinho! Pinzón, agressivo, interpelou: — Você não é o que é, tem outro! Alma é viva!

— Eu sou só eu e mais nada!

Pinzón já o julgava pelo seu lado animal, inquietante, com faro e alguma semelhança de instinto.

— Prova que você não é outro! Você é estranho, monossilábico!

Aristides Zefão, trêmulo, explicou: — Não arrumo as palavras, elas me escapam! — Sussurrava agora com os olhos mais acesos — Dói minha cabeça, queima! — E depois, com ar suplicante — Não sou animal, sou homem, sou humano! Por favor!

— Não julgo os animais.

— Não sou animal, não estou à vista, sou homem, homem! — Era um brado, como se estivesse em jaula no zoo (de que ouvira sua mãe falar) — E não lembro nada. Vazio, sem memória...

— Memória é o que somos — advertiu o governante —, você não tem senso algum...

Zefa soluçou, temendo:

— Sou um pobre e ignorante!

— Então você é um extremo e é perigoso!

— Eu, perigoso? Eu me escolho, estou vivo.

— Sim, vive, respira demais! Você é dúvida, dúvida do que sou. Dúvida que supre o animal. Asno de alma?

— Ninguém faz nada por mim, eu nada, nem mudo ideia!

— Sim, sim, sim, a estupidez não muda. Cresce!

E Guadalupe Pinzón atinou de ter piedade do dito perigoso Aristides Zefão. Era como escaravelho e não devia esmagá-lo: nada de nadas. E mandou que os guardas o levassem de volta para casa, afirmando convicto:

— Eu governo, mas não administro alma!

7.

Aristides Zefão, ao dormir muito cansado, naquela noite, em casa, sonhou que tinha uma tartaruga movendo-se na barriga. Possuía dura carapaça, cujo deslocamento o feria. Queria que ele mudasse de alma e a deixasse sair. E não quis. Não almejava ir de uma alma puída, rasgada, imóvel, para outra que era morosa, tarda. A raiz da imbecilidade nos ramos de sua árvore humana ainda lhe concedia algum juízo. E não julgava vantagem.

No entanto, Zefa sofria impulsos, surtos de forte instabilidade, como se dão em alguns tiranos nas soturnas repúblicas, e, então, com explosiva vontade, saltaria nesse desconhecido, quando sairá de dentro dele essa tartaruga, que lhe pesava nos pés, como calada ordem do universo na lacustre comodidade do tempo. E o tempo não saberá nada de si mesmo no arrastar-se, solene, da fluvial tartaruga.

8.

O governante Guadalupe Pinzón não se esqueceu de Zefa e sua figura esdrúxula, estranha, e ficou com a desconfiança acionando as ventas. E se acirrou, mandando dois guardas do palácio, corpulentos, vigiarem Zefa nas adjacências de sua casa: Ciro, trigueiro de pele, tronitroante, e Varo, gordo e mais baixo, com passo lerdo. Zefa também não esqueceu a cara um tanto assombrada do governante e o temeu depois de ter tido um sonho em que ele aparece, no tribunal, proferindo-lhe uma sentença.

Dez dias depois da tal visita ao palácio, deu com os dois guardas, que se aproximaram, furtivamente, dizendo: — Viemos por parte do governante!

Zefa não entendeu. Repetiram. Então reagiu: — Que fiz? — A resposta foi um forte empurrão. Zefa caiu. E no chão, insistiu: — O que fiz?

Foi quando Ciro tomou a iniciativa e colocou o pé no pescoço de Zefa, enquanto Varo o segurava.

Zefa gritou, gritou desesperado: — Não consigo respirar, não respiro! — E o pé de Ciro se afundou no pescoço e foi apertando, sufocando Zefa, até que se apagou, como um fósforo e a fumaça.

Houve um cerco de vizinhos, acorrendo e gritando: — Vocês não veem que ele é indefeso e idiota? É uma covardia! Brutalidade! — bradou outro. E os dois guardas fugiram, enquanto todos contemplavam, atônitos, que de dentro de Zefa saía arrastando-se uma tartaruga, de reluzente carapaça e morosa se enfiou pelas moitas.

O idiota não sabe nada do homem? Ou a morte amadureceu ou foi lúcida alguma vez? Tem rosto humano o ódio? Não, crianças e idiotas é que dizem a verdade! Mas a maldade é definitiva.

9.

Os guardas Ciro e Varo responderam na justiça pela morte de Aristides Zefão, o Zefa. Encobriram a responsabilidade do governante. Foram condenados a dez anos de reclusão. O povo exigiu julgamento. E estamos todos em julgamento. A condição humana não, não é poupada!

Ciro e Varo ficaram na casa da prisão um ano apenas. E como a justiça, em regra, cuida mais dos vivos do que dos mortos, após recursos, ambos se achavam na ideia que se assoprava neles de que Zefa, por ser imbecil, podia não ter alma. E pensaram na tartaruga que saiu dele. Não era um homem, era uma tartaruga? E receberam o beneplácito de alguns dos poderosos da república, a afável e tinhosa reclusão domiciliar.

Quanto a Guadalupe Pinzón, mastigava os ossos da culpa pelo tal de Zefa, o idiota. Enquanto ele, Aristides Zefão, tinha os ossos já esfarelados sob a terra, entre insetos. E a tartaruga que saíra dele, sem ser vista, airosa andava sobre a relva, no pátio do palácio.

É de acrescer o fato da penosa existência do governante, com surtos periódicos de demência. Então se trancava em sua morada incrustrada na rocha sobre a montanha, uma caverna nos arredores da cidade em lugar pouco visitado. Ali erguera sua casa, entre pedras.

Vasta caverna, cercada de conforto, luz abundante, móveis, livros. Nesses surtos não raciocinava, trancava-se e tinha uivos, rugidos e choros. Por sentir-se devastado pelo destino, ao ausentar-se dele mais ampla humanidade, com fome de amor, fome de Absoluto que o incomodava, o Deus que farejava. E diz *O Livro de Provérbios*: "Andará alguém sobre as brasas, sem que se queimem seus pés?" (Prov. 6:28). A natureza do homem submergia na do lobo e do tigre e não logravam se integrar. Descobriu que a natureza não poupa a natureza, a morte nutre a morte e paga-se o preço indizível da deformidade ou grandeza. Paga-se o útil e o inútil. E agora não sabia o que fazer do tigre que lhe dava ânsia devoradora, nem o que fazer do lobo que lhe mordia por dentro, entre volúpia e sofreguidão.

Nesse desatino, ou alucinado lastro, com a imaginação rodando em hélice, Pinzón procurou na poesia alento, recitando para si mesmo, ao errar pela casa, com versos marcados, o genial e injustamente esquecido Jorge de Lima na *Invenção de Orfeu*: "A imaginação dói-me. Quem ma deu, deu-ma para sofrer, para gastar-me nessas reminiscências e visões, nessas conchas noturnas murmurantes, nesses ares sonoros, nesses muros cansados de lamentos, nesses ermos de carne vigilante, nesses gumes".

E se apaziguou, por sobreviver pela portentosa energia e engenho de inteligência, respeitando na república, apesar de suas inevitáveis contradições, a pluralidade poderes.

Depois das crises, voltava como se nada tivesse acontecido, pois tudo acontece bem antes de antes acontecer. Ou desacontece sem pergunta ou rumor. A infelicidade é um estágio que decorre depois de muita felicidade. Mas a infelicidade nem roça sequer na erva. Ou que ervas nos arrancam da humana sobrevivência?

Mas às vezes o que é feliz não sabe, senão seguraria o tempo. E o tempo é poroso como musgo, quem o segura?

A companhia de Guadalupe Pinzón era ora loba, ora formosa mulher, jovem e tocada anteriormente pelo vírus que assaltou a comunidade, e pouco se viam. Serena, o seu nome, de afeto explosivo e recatado. Só guardava certo medo da ferocidade do tigre no companheiro. Porém, a gota de água é tão forte quanto a lei. Serena, sabendo disso, se acomodava, ciosa da posição de esposa, também invisível. Amor vigora nos recessos?

10.

Vários convidados para o casamento de Alúvio Solário e Matilde Petra. Cerimoniosos todos e, principalmente, Aristóteles e Olívia ao redor do casal e do Pastor Olegário, da Igreja Evangélica situada no centro de Lajedo dos Pardais. O público escolhido era de amigos mais chegados. Como a tal epidemia cessara, todos estavam sem máscara. Assim, casaram-se Alúvio e Matilde cheios de alma.

E viajaram no carro do noivo para Pedra das Flores, chegando ao Hotel Alberton, à beira do oceano. E ali morava o perene e celebrado Matusalém de Flores, sustentado de palavras, ora inteirado nas ondas, ora vagando na praia. Chamado de Ancião do mar, que não acaba e nem sabe como se acabar.

Contemplavam-no, portentoso, da janela do hotel, calejado de marés.

Na cama, os corpos nus e as nuas almas, Alúvio e Matilde se enlaçavam, buscando cavidades enseadas, profundezas, um entrando no outro, como o batel no cais e o cais no batel. Ambos imitavam o mar.

E por que não? O mar os imitava, de bruxuleante fogo ambos radiosos no clarão. Ou de como a água se levanta e desce sobre a nudez solar, enternecida.

Solário e Petra e pétrea soma de gerações, milênios, que amor suscita numa só árvore, com vultos que os sonhos suam, noites suam e as estrelas azulando o fervilhante mar. Sim, estrelas maiores! Puros e ardentes, os corpos na alucinante chama de almas voando. E o mar não acaba. E o orvalho atravessa a árvore.

E a concha fosfórea do sol e o mar que morre e não se acaba.

CAPÍTULO SEXTO

1.

O que não se acaba é amor. E tem ouvido novo de segurar o ruído do mar. Sim, dias após, sim, no amor não transita o tempo, sim, era outubro, e Alúvio e Matilde desceram para a praia. Diante deles surgiu o irmão do Oceano, o famoso Noé Matusalém: não inventou o mar, mas o mar o inventou. Não é o Matusalém bíblico, que viveu bem mais do que qualquer homem na história, mas outro Matusalém, que não morreu, não conseguiu morrer, por estar sempre recomeçado de palavra, como se vagasse no mar. Sem idade, altíssimo, ossudo, tez batida de sal e sol, olhos de muitos pássaros. Sorriu feliz de conhecer o casal que o admirava. Haviam lido o livro, de conhecido autor, a respeito dele.

E fama é cavalo veloz, às vezes traiçoeiro, há que saber montá-la. Solário, solar, começou, saudando-o:

— Mestre do Oceano, consta que para você a morte não existe, conta-nos o milagre!

— Existo enquanto existem as palavras que me nutrem. E há milênio de palavras. Quando o milagre se repete, torna-se cotidiano.

— Milênio de palavras?

— Sim. As palavras me adotaram e a minha velhice é tenaz juventude.

— Como? — indagou Matilde Petra, e pétreo foi o seu olhar, como se distraísse os olhos, com rosto que resplandecia de curiosidade.

— Se soubesse, explicava. Mas amor não se explica. Ou melhor, perdi a saudade nas ondas.

— De amor sabemos nós também! — exclamou Alúvio.

Matusalém assentiu com a cabeça, que se ataviava de obscura luz.

— O amor das palavras é de eternidade, quero estreitá-la — firmou, como se as mãos o seguissem, âncora.

E Matilde Petra entendeu e disse:

— É o que estou descobrindo no sonho.

E Matusalém: — Sou Crusoé do impossível. Mais do que o mar, minha terra é Deus.

— Deus é palavra! — observou Solário.

— A luz sabe o que faz e brotou de palavra. A luz é palavra. A água é palavra, também o céu!

— O que é eternidade? — completou Matilde Petra e lembrou o poeta Rimbaud, em frase que nunca esqueceu — "A eternidade é o mar que se vai/ como o sol que cai".

— Do mar penso conhecer tudo, ainda que tenha a aprender — retrucou Matusalém —, e de sol me acendo no vagar. Não posso morrer e às vezes dá-me vontade de conhecê-la. Mas não posso impedir de ser eterno!

— Talvez canse a longevidade e a grandeza! — murmurou Matilde, cismando.

— Mas ao entrar no mar descanso, porque o mar subjuga o destino.

E se despediram, cativados, abraçando Noé Matusalém que, clareante, penetrou no Oceano. E não se sabia se ele também era o mar.

2.

Solário e Matilde foram para o centro de Pedra das Flores atrás dos vestígios de Matusalém. Após indagações — e de perguntar o trem vai à estação — encontraram Haroldo Trinta, assemelhado ao Carlitos de Chaplin, sem a bengala e o humor. Ou por acaso — existe acaso na criação do vento? Existe vento no acaso? — viram Bilbao Rudin, o cigano que argumentou, obstinado, sobre os dois animais advindos do sonho: o "*Homo Abissalis*" e o "Tigre Albatroz", ambos emissários para nos observar e vigiar.

Soube notícias de Noé, filho aventureiro de Matusalém, Lídia, a finada esposa do referido D. Quixote de Pedra das Flores e o cão Epaminondas, Sancho Pança. Curiosamente, Kafka acha que Sancho é mais livre que o Quixote, o que não é o caso de Matusalém, livre como o mar.

Em rastro vertiginoso, Alúvio e Matilde iam descobrindo que amor não vem por golpe de vento, mas vem para perturbar. Mesmo que a felicidade não careça de história. E a história, soberba, ache que não carece de felicidade.

3.

Timóteo Balzan, entre lecionar e escrever, contava os dias. Chamou a mãe, Leocádia, para um tempo junto a ele, em Lajedo dos Pardais, voltando para a mansão onde morou seu finado pai Amantino, no alto do monte. "Mãe sabe do filho, como as estrelas com o ranger do vento" anotou num caderno, evitando folhas avulsas pois já havia ocorrido criar folhas e folhas e depois não coordenar a ordem, por se deslocarem as tais folhas.

"Basta que exista amor" registrou, e era outro verso: "como a gaivota voa". Ou "a luz não se cansa de ser luz", e pairava o pensamento com as gaivotas que passavam na janela.

Mas a arte não é um navio que ruma ao porto, às vezes, é o porto que norteia o navio. E se o poeta não carrega no texto o relâmpago, é o relâmpago que leva o poeta para onde é a memória da imaginação que atraca o veleiro dos mitos.

Quando o livro termina, não termina de ter sido usado com suas colinas ou rios, termina de se apagar o sopro na palavra. Não se julga o que é vivo. E os mortos com os mortos se confinam.

Timóteo apanhava as palavras como peixes na linha de vocábulos, e os peixes se alimentavam, subiam à margem. E se tivesse algum descuido, subiam no anzol do sonho. O que vem do espírito pousa e vivifica, ou volta de onde veio. Não se perde de neblina ou na voragem do mundo. Ainda que a esperança se estique como uma corda.

E foi quando Timóteo gravou mais este verso: "a infância prende na linha a eternidade e não me resigno".

4.

Ao sentar-se no quintal da casa, com duas palmeiras ao fundo, junto à mesa de cedro, diante da vista de Lajedo dos Pardais, Timóteo falou:

— Sou nada, mãe! Escrevo, escrevo e o tempo desaparece e desce névoa nas palavras: elas me veem e não as vejo.

— Filho, elas crescem da névoa!

— Não raciocino as palavras, me raciocino e nem preciso raciocinar, elas sabem mais do que eu. Sinto-me pequeno e careço delas.

— É teu patrimônio de sonho. Ninguém te arranca esse quinhão.

— Mãe, no sonho não há patrimônio algum, nem latifúndio. Só herança de enorme silêncio!

— Mesmo o patrimônio de silêncio guarda a sombra de palavras e não cai por terra. Palavras saem de palavras, como o tempo do tempo.

—É leve, voa, mãe!

— Voa, às vezes, sem saber que voa e pronto.

E Timóteo distraído:

— Daqui, ao olhar para baixo, lembro do pai Balzan caindo.

— Sim, caindo!

— Mas não caiu na memória. Amei o homem e houve o instante que não suportei o lobo. Ferino...

— Difícil, mãe! O amor dorme e pode não acordar. Ou pesa demasiado.

— Teu pai pesava, filho. Talvez devesse tolerá-lo mais. O homem era generoso, mas não sabemos aonde vai a aflição na tolerância.

— E a tolerância na aflição. Mãe, o limite qual é? O limite humano?

— Não deixo de recordar teu pai com saudade. O homem era bom.

— A saudade envelhece sozinha, mãe! E o lobo?

— A animalidade some na animalidade, mas atordoa com a marca de terror. Aguenta-se longe, não perto!

— Mãe, quantas vezes há o lobo dentro do homem?

— E o homem dentro do lobo.

— A dor não desiste.

— Nem eu, mãe. Não acabou a infância!

— Ah, eu te lembro menino!

— Continuo. Só que a infância não consegue amadurecer. Nem conhece disciplina. Não quero mais sair da infância! Nem a infância sairá de mim.

5.

Alúvio Solário e Matilde Petra alugaram um apartamento mobiliado no bairro de Vietmont, em Lajedo dos Pardais. Levaram Lume, o cão *poodle*, que se assentou majestático no sofá da sala.

O amor habita o clarão, os pássaros gorjeiam e a manhã é um ramo do céu, como há muitos céus ocultos na palavra.

Aquela morada os entrelaçou como uma árvore e o tempo os movia.

— Somos do mesmo tempo — falou Solário —, funesto e luminoso.

— Funesto? — indagou Matilde.

— Funesto o tempo, sim, com a peste molecular que contaminou a cidade. E a medicina, tão industriosa, só concedia o conselho do cárcere privado. A mídia propalou o voraz isolamento para a salvação coletiva, diante da impotência científica que não alcançava a criação de eficiente vacina. Máscaras e máscaras. E o periculoso agrupamento.

— Ah, lembro! E como! Vi amigos atingidos tornando-se lobos, outros, cujo número era escondido oficialmente, não resistiam ao molecular avanço, falecendo. Dilatava-se a demência.

— O que não derrubamos, nos derruba! É funesto este tempo e luminoso por te reconhecer e amar. É preciso soprar as fagulhas, soprar centelhas nas brasas, para que se levante a labareda e ilumine tudo.

— E só se ilumina o que queima.

— O que na intensidade tem vida própria. O relâmpago é o cimo do raio.

— As ruínas não falam apenas no que é revelação.

— E nos revelamos de caminho.

Foi quando Alúvio Solário tomou a palavra na mão e a palavra saltava como um esquilo no fogo que jorrava, girando o espaço no círculo traçado. Lume, alarmado, latia. E Solário ali escreveu "amor".

E era o vento como um coro que bramia, zunia na janela. E os rostos de Alúvio e Matilde se incendiaram, com o sol avançando no céu, como águia. E a palavra rodava a eternidade.

6.

Timóteo Balzan descascava o poema pelos olhos, descascava o ritmo no verso e começavam a sair aves do doméstico papel, como do deserto. Viu que as palavras brilhavam e as colheu, e eram sementes brancas como avelãs. Depois não distinguia as sementes das aves. E ouviu a voz, como das aves: — O que é do homem?

Timóteo não entendeu tanto interesse das aves, ou achou que os versos é que falavam pelas aves. E versos não falam, cantam.

Mas a pergunta soou por dentro da palavra: — O que é do homem?

E Timóteo escreveu sobre os humanos, como se tratasse de si mesmo. Registrou que os humanos são tão surpreendentes, tristes, inditosos no mundo e na cobiça sedentos, sonolentos de sombras, entre vaidade ou arrogância. Infelizes e impotentes diante da morte. E se soubessem da palavra talvez despertassem do sono das idades, ficando descalços, despidos do mal, armados de juízo e fogo.

E concluiu a página: era alma. Só a palavra salva. E é mãe da palavra. Estamos emprestados de viver.

CAPÍTULO SÉTIMO

1.

Aristóteles Analdo, pai de Alúvio Solário, vivia na sua fazenda, em Riopampa, na companhia de Olívia. Leitor inveterado, foi forjando a cultura com a sede do autodidata. Deixou a advocacia, no saber achava doutorias. Ao terminar de ler os livros, ou as novidades que mandava vir das livrarias, os enterrava no campo de sua fazenda. E via, na estação, brotarem dos volumes rosas e gerânios, orgulhoso.

Proustianamente, as grandes leis da existência se estendem, agora, em largos períodos de frasais e ondulatórias raízes na germinante peregrinação sob a terra, fortalecendo-a ou provando que a vida, ali, se multiplicava e a morte só selava a morte.

Frequentador de Marcel Proust, "cientista da língua", Aristóteles Analdo não previu quanto cresceriam os livros sob o solo, frutificando na língua das flores e futuramente, quem sabe, na língua das árvores.

E seriam as verbenas brancas, que pelo campo nasceram, repercussão da Via-Láctea? A lentidão do tempo é a velocidade de Deus.

2.

Quanto aos cavalos, Aristóteles Analdo aprimorava a estirpe com cuidados e nutrimento, falando horas no descobrir o idioma dos corcéis. Eram jocosos, divertidos, sábios, conhecedores da índole humana, mais ainda, da pacífica índole do dono, sendo amorosos e gratos.

O segredo era o de que Aristóteles com palavra na mão a colocava na boca dos cavalos que, encantados, tomavam fala. Inteligentes, aprendiam como em galope. Porque palavra é inocente e chegava na inocência dos cavalos, meninos em férias no colégio da relva. E até conselheiros de Aristóteles eram, sabendo ele que a palavra é gente, mestra de existir. E ensinava pelos olhos o cão pastor Platão, que podia ter alguma caverna na retina. E os olhos viam as palavras, como se as lessem. Ou era, talvez, o cão escondido e anônimo escritor, já que gastava papel e destruía as canetas do dono. Aristóteles, com suas criaturas de patas, dava novo nome às coisas e o que não tinha nome, era pampa. Ou era, para Aristóteles, o outro nome do universo, que não pressupunha adjetivo, ou advérbio de sonho.

Curiosamente, os tais cavalos iam ficando doutores, com erudição em alguns assuntos humanos e uma presteza que envergonharia astutos investigadores ou ciosos interlocutores de apostolares bibliotecas. Ou talvez algum dia possam ajudar os angustiados e desafortunados seres de nossa destelhada civilização, com a confiança, a gentileza, a paz e a nobreza no prudencioso trote.

Olívia se alegrava no meio dos cavalos, com certo ar materno. Era, além dos fazeres do lar, sua vespertina distração. Assim, ela e Aristóteles descobriram que os cavalos se mostravam mais fraternos e compreensivos que os homens. E traziam no cavalgar certa memória do paraíso.

3.

Quando Olívia Analdo desalmou, Aristóteles a sepultou num túmulo, onde dormiam os livros, no campo, sob terra e flores. Teria, segundo ele, o tempo de os ler na eternidade e amadurecer com eles, ganhando o esplendor da primavera.

Recebeu na tumba a epígrafe, armada sobre a capa brônzea: "Olívia amava o companheiro, amava os animais e os pássaros e tinha a paciência numerosa dos frutos".

Aristóteles Analdo viveu mais dois anos, cabisbaixo, com a desolação e o faro da morte que se avizinhava, com o fraquejar do corpo e dos órgãos, sobretudo do coração, que esmorecia, acabando por parar, como uma enferrujada hélice.

Mas antes de se finar, despediu-se de cada um dos cavalos, o que tanto lhe doeu que mal lhe deu tempo de escolher a nova alma. E como a larva floresce, Aristóteles começou a ser cavalo, mesmo que a alma de início reagisse, quisesse libertar-se. Mas teve que obedecer a ordenança do universo. O corpo de Aristóteles caiu inerme, saindo da matéria, que era pedra, e o cavalo saiu de alma cavalgando.

Consta, consoante relato, que o cavalo saltou do ventre, como um filho, da mãe. Ou do canteiro de crisântemos, o branco branco veloz galope. E dormiu com verdade, o que foi homem forte de infância, com o cavalo o continuando, pascendo perto da tumba de Olívia ou da harmonia das flores que dos livros emergia, deixando descer, como barco num valo, a lágrima.

4.

O governante de Lajedo dos Pardais, Guadalupe Pinzón, tinha medo de tanto se ocultar de seu povo que foi sendo esquecido. Mas não seria o bem servir os habitantes, mesmo anônimo, um galardão? Quantos governantes insistem na memória dos pósteros e administram a própria glória sem pensar em seu povo?

O lobo e o tigre dentro dele não durariam, pois jamais se viu na história dos homens, animais da floresta serem glorificados. Sentiu a precisão de mudar de alma, afastando o lobo e o tigre, mas teria força para tanto? Ou o lúcido escritor que foi Elias Canetti tinha razão quando escreveu que "era melhor não ter saído da caverna"? Ou a caverna era aquele corpo que transportava, como navio na tempestade.

A hipótese de dar lugar apenas ao homem ocupou sua mente, julgando poder agir independentemente dos animais, por não se interpenetrarem. E não seria o homem o ser mais perigoso, mais destrutivo ou rebelde? E todos os homens desejam — pensava lucro, segurança ou reputação. Não precisava muito para achar o lobo no homem ainda dividido com o tigre. Mas não queria a luta desnecessária entre eles, salvo para sobreviver.

E no governo, o homem regia com poder que não definia, mais ou menos absoluto. Mas governar era criar prioridades e as aplicava no povo, com a suspeita de acertar.

O que pode um homem, podem todos? As gerações esquecem muitas coisas e lembram outras, mas o poder reconta a mesma história.

Confundia-se, naquela altura, a vontade do lobo e a do tigre, querendo ambos apenas devorar com a ancestral fome. Mas não arrancavam a rédea do poder do homem nele, mesmo contrariados. Ao aceitar medidas que progredisse o povo. Tendo que vigiar os secretários que, ao terem em si lobos, agiam como homens sensatos. Mas Pinzón não era facilmente enganável, ainda que o engano esteja na medida do homem, longe de ser o que se propalava como "medida de todas as coisas". Abismo era o homem, o que o salvava era o equilíbrio entre o senso e o contrassenso. Mas como segurar o tal equilíbrio? Entretanto, acreditava na palavra e no seu poderio, o invento transmutador no riscar ou desencadear o círculo, Alfa e Ômega, o Deus de que tinha nostálgica sede.

5.

Numa visita que fez ao profeta, antes de Eziel, já reconhecido em Lajedo dos Pardais, foi levado pela curiosidade, escutando-o falar sobre *O Livro do Caminho* e o uso da fé na palavra, com o círculo de universo, desencadeadores de energia infinita. Reaprendeu o que, de certo modo, já conhecia.

Nesse encontro, de que não esquecia, o profeta, fitando-o nos olhos como se o desvendasse, disse:

— Terá a insurreição dos animais! Cautela!

— Animais?

— Por dentro, os da alma.

Depois Eziel perguntou se confiava no poder da palavra.

— Confio! — reafirmou Pinzón.

— Sim, a eternidade se move! — concluiu Eziel, e se despediram amistosos.

E Pinzón viu sobre o profeta soprar um vento que o acompanhou, caminhando. E mais, se deu conta Pinzón, o governante, que a erosão ou a ordem do universo era a palavra, que ventava no definitivo círculo do círculo, a alma. E seu mistério tem a utilidade do desconhecido.

6.

"O chumbo é o ouro que adoeceu" — registra sábio provérbio indiano. Mas o que Guadalupe Pinzón não constatou, apesar de sua acuidade, é que o ouro de seu poder, entre os secretários que o obedeciam, apodreceu. E em chumbo se transformara. O lobo não devora o lobo, mas pode conspirar contra o lobo. Sim, conspira-se de pensar, conspira-se por inveja ou medo, conspira-se contra superiores ou iguais. A conspiração adoece os homens e envelhece os lobos. E três dos secretários principiaram a envelhecer na sedição incontrolada, chegando ao conhecimento do chefe com susto na confiança. O lobo também se enveredava neles?

O chumbo adoeceu e achegou certa malária verbal. Sim, emergia da fala de Tobias Siquém, homem que ainda controlava o lobo e era fiel. Corpulento, trazendo marca de nascença, como de ferro e fogo sobre o peito, Tobias confidenciou meia-palavra que algo de anormal acontecia com outros secretários do governo, com sussurros e certa má vontade na condução da coisa pública, como fenda que sangrava. É como afirmou astucioso visionário de Lajedo dos Pardais, Salgado Maranhão: "Sangrar com a sorte escrita, a foice;/ sangrar com a asa expandida aos astros".

Foi quando, experiente, Guadalupe percebeu que a ferida se expandia, como asas de pássaros pelas fendas das paredes. Tudo principia da cumeeira aos astros. O que sangra é o poder. E se lembrou da sentença de Napoleão Bonaparte:

"A suscetibilidade de um governo revela a sua fraqueza". Ou a dorida instabilidade em sua gangorra.

Guadalupe imediatamente reuniu os secretários em sala secreta. Com Tobias Siquém participaram todos, a sociedade cívica dos lobos e homens (a aparência de homens). Com olhos inquietantes, tomaram espaço junto à mesa comum: Lopo, Adolfo, Lupiscínio, Donaldo e Siquém. Alguns estavam, como diz o poeta, "atravessados de espanto". Sobretudo os três suspeitos que elogiaram Pinzón, ressaltando a sabedoria no curso governamental, o que o Chefe, que espiava da sacada da retina, atinou, atirando à queima-roupa: "Quem não está contente com o rumo que tomamos, fale!". Houve copioso silêncio, pesando. Surdo rumor de ferida que sangra. Lopo deu vazão ao lobo, erguendo-se de garras afiadas, e falou, com apoio de dois outros (eram os que o elogiaram):

— Quero sugerir ao Chefe mudanças!

— Quais? — retrucou, com autoridade Guadalupe.

— O povo está queixoso!

— Do quê? E será o povo? Sei de escutar quanto o povo me apoia!

Todos temiam a explosão do Chefe. E, antes disso, o mais ousado, Lopo, se levantou e disse:

— Trabalhamos a favor da administração, mas o lobo quer espaço, o lobo, o lobo! E por que continuamos a pensar no bem dos humanos? A nós o que sobra?

Foi aí que avançaram Donaldo e Adolfo, ameaçadores. Avançando os três sobre o Chefe.

Guadalupe Pinzón não vacilou (lobo fareja lobo!). Homem, pegou a palavra, disse e, com gesto do círculo na mão, determinou, e a palavra rodou como moinho e num relâmpago fechou-se o círculo, igual a rede, sobre os três rebeldes, e ficaram aprisionados. Pinzón chamou os guardas, que os conduziram ao calabouço, "rosnando contra as pedras", ou navios sem bússola. E com presteza buscou substitutos, o que exigia cautela. Recordou um verso do já aludido poeta: "Sou um rio / à sombra dos tigres". Sim, quem reagiu foram o homem e o tigre, que se homiziara nele, contra o lobo que, na palavra, calou. E o círculo empurrava com palavra o movimento do universo. E o que existe é o mundo desde a palavra, quando o ouro adoecia de sono no chumbo. Na velocidade de Deus. E ventava.

CAPÍTULO OITAVO

1.

Pode-se não entender o sonho, mas o sonho nos entende, até onde a neblina alcança o sol. O governo de Guadalupe Pinzón titubeava. O tigre tolerava o homem, mas não tolerava o lobo. Depois do secretariado do governo contender e ser arredado, a intervenção de Pinzón criou discórdia com a sociedade secreta dos lobos. E no dizer do poeta inglês Yeats: "embora, muitas sejam as folhas, a raiz é só uma". Porquanto a raiz da separação dos integrantes do secretariado, ao darem vazão aos lobos, viram a intervenção do tigre que lutava, não contra o homem, em Pinzón — que se adaptava —, mas contra o inimigo na trincheira, o lobo.

Foi quando o tigre na alma de Guadalupe devorou sem piedade o lobo.

O governante, assim, liberou-se ao mesmo tempo do secretariado, achando contar apenas com a fidelidade de Tobias Siquém, rompendo com a sociedade insidiosa dos lobos, que recuou, atemorizada, e formou naturalmente a oposição, que inexistiu.

O tigre nele se aliou ao homem e o homem ao tigre, pois a força do tigre precisava da inteligência do homem.

Foi então que o governante apareceu com clareza no porfioso olhar do povo. O secreto na luz perde o fulgor. E pesa, se descoberto, e afunda. Melhor era quando o governante se esquecia do nome. E o nome tende a inchar e é irrevogável.

2.

O que os habitantes de Lajedo dos Pardais não previram foi a existência visível de Guadalupe Pinzón. Persistia morando na caverna, tentando reatar nova face do governo. Chegaram à conclusão do desequilíbrio nele, entre o instinto devorador do tigre, que avançava, e o retroceder, agora gradativo, do homem, que se acumpliciava para sobreviver — o que resultou cisão tormentosa na personalidade do governante, devastado por surtos de loucura, que demonstrava aos governados, mesmo sem perceber, enorme insegurança.

Acabaram por exilar o homem, que escapou dele, tomando rosto e alma, sumindo para longe, não sendo mais visto na república, ao assumir novo nome. Ciente de que a loucura aparece, não se inventa. Mas quem paga a conta da loucura?

Sim, o tigre ficou Guadalupe Pinzón inteiro, agora definido e sem metamorfose.

Serena, sua companheira, não suportou mais a situação intrusa e perigosa na vida do governante, indo residir em Pedra das Flores, saindo, por mudança de alma, da loba para a espécie humana. E exilando-se, mostrava-se feliz, continuando bela, sedutora e de espírito livre. Sem amarrar lembranças do que passara. Não quis aprender a uivar, como devia, naquela engenhosa e fria sociedade dos lobos.

3.

No período em que em deixara na alma o tigre e o homem conflitantes, inimigos íntimos, não conseguiu governar. Depois, quando o tigre se apossou dele, menos ainda. O ânimo de devorar, destruir, começou a atormentá-lo. Só não podia devorar a si mesmo, vendo que até o caos, a desordem ou o desastre possuem regras. E não as podia cumprir. Mas poderia dizer, como o francês Paul Valéry, que sua existência é injustiça. Mas não se queixou. Tinha a flecha, mas foi-lhe arrancado o alvo. Preferiu então abandonar o poder, pois a imaginação não o ajudava, nem ele à imaginação.

E passou a habitar a floresta de Lajedo dos Pardais mais que sua casa, aliando-se aos outros tigres, agora integrante respeitado de sua sociedade, onde se tornou, de imediato, chefe, sem conhecer, a partir daí, piedade ou misericórdia, com o desenvolvimento dos pelos, garras e patas. Dedicando-se a viver entre tigres, adaptando-se à sua língua e hábitos, com clárido rasgo de generosidade, de despojamento ou penúria, abandonou irrevogavelmente a governança, ficando o seu cargo vago e ao relento, sem perturbação ou violência.

Então, a sociedade dos lobos, que era oposição, através de Tobias Siquém tomou o poder. E a carência do povo o acolheu. Dai ao lobo o que é do lobo! Dai ao lobo!

E ventava. Ventava a velocidade de Deus.

4.

Os humanos teriam que sujeitar-se aos lobos? Como a maioria dos habitantes era do gênero humano, teria de aceitar, passivamente ou não, o governo do antigo aliado de Pinzón, que era lobo avançado no homem, portanto, absorvido pelo perigoso animal e seguido de outros cúmplices.

E, à consequência de os moradores obedecerem cegamente aos seus dominadores, começariam por perder os nomes, rostos, condições, hábitos, ora absorvidos, ora subjugados, ora desapossados pelos lobos, em instante de ira ou arbítrio. Até na alimentação o povo foi se adaptando à comida dos lobos, quando não era a própria comida deles na ferocidade ou absoluta fome.

Alguns, para melhor se preservarem, principiaram a ser lobos, sem nenhuma diferença de forma ou alma. Era como subsistiam. E o mais terrível é que o povo estava perdendo o idioma natal, passando muitos a uivar ou sussurrar como os lobos, havendo uma escola que ensinava aos humanos a aprender a uivar. E o uivo possuía modalidades e conceitos. A qualidade do uivo distinguia nobres e plebeus.

A palavra vigorava apenas em ramagens secretas, ainda não perdendo, no escondido, seu movimento em repouso, sua essência e existência. E o povo fiel não queria jamais perder Deus.

5.

Harold Fink, famoso infectologista, depois de pesquisas, surgiu com uma vacina contra o vírus do lobo que infestava o povo, que chamava de "*solus perenius*", feita de anticorpos de cavalo. Era um soro produzido a partir do plasma. Teve efeito positivo em alguns, mas em outros, o efeito era negativo e paralelo, gerando seres com corpo de cavalo e rosto de lobo. Portanto, nocivo, não havendo possiblidade de retorno à anterior natureza.

Foi quando surgiu, entre os habitantes, Miguel de Aedo, guardado e oculto poeta, que era doutor em Ciências Abissais, lecionando em várias universidades. Partia do princípio de que a palavra fundava as coisas. E a palavra era a vacina mais abrangente, sem reação contrária, sendo o verdadeiro "solo perpétuo" da alma. Depois se alongava para ser arsenal frutuoso, que era aperfeiçoar a língua aperfeiçoando o espírito. Por fim, pregava de forma secreta, sem conhecimento do governo, que a palavra libertava o homem do lobo, sendo espécie penumbrosa e mestiça os que o admitiam na vida. Com a única vantagem, aliás, de serem aceitos na escravidão. Acaso o infortúnio tem altivez?

Mas foi assim, no obscuro, que, através desse mensageiro, Miguel, a palavra passou a ser transmitida, subterrânea, a cada um do povo. Os que ainda tinham em si o lobo e não o desejavam, voltavam com ela a serem humanos. E no interior, insubmissos, livres. Foi pela palavra, que era divulgada com recado de resistência, de mão em mão. E Napoleão Bonaparte, com razão, advertiu: "que a marcha do povo não pode ser detida."

Assim, a palavra, aos poucos, ia abrangendo estágios de progresso. Partindo da bruta escravidão que a transportara à Idade da Pedra, aos bisontes da caverna, sob a tribal origem dos lobos com polidos ou desafinados uivos, seguindo em ascendência à criação dos primeiros instrumentos de caça e pesca na acomodação da língua. O caçador que se transforma em predador, com o homem engendrado pela necessidade, sua única e acatada lei. Ou na palavra, havia que buscar lenha, acender fogo entre pedra. E a palavra ensinando a lapidar pedra, a usar madeira de troncos para os barcos e navegar nos rios. E a palavra vai traçando a civilização das máquinas, aproximando os homens na indústria, que trabalha o fervor humano na invenção e ciência. Ou no transcorrer dos alfarrábios e bibliotecas, ou na tradução bíblica e na imprensa, até a restauração da palavra soprada no começo do mundo, voltando a ser alcançada, sendo Deus o Filho do Homem que a habita.

E o divino é para os que o querem, o que alcançam a sua revelação. E é essa palavra que foi avançando através de Miguel Aedo, agasalhada no peito secreto do povo, miraculosa e límpida. E foi assim progredindo e mudando o povo de alma, fazendo-o cada vez mais humano. O outro e eu sendo um. Não havia revelia com a palavra que era amor e mudava o movimento das estrelas. E o povo viu que a palavra mudava de pele a alma e a abraçou, sendo a vida maior do que a vida.

6.

Uma notícia abalou Lajedo dos Pardais: o desaparecimento de Guadalupe Pinzón. Tobias Siquém, robusto lobo, que tinha no oculto homem vestígio de calado afeto pelo ex-governante, mandou guardas saberem de seu destino.

Entraram na caverna, que era casa mobiliada e confortável, e ali acharam o corpo, já apodrecido entre larvas, do homem que foi Guadalupe Pinzón. O mau-cheiro transbordava. Ele jazia de bruços. Os olhos terrivelmente abertos e judicantes. Não apresentava nenhum sinal visível de bala, faca ou ferida exposta. Chegaram médicos com lobos espreitando, vigiosos. Verificaram ter tido o antigo governante um enfarto fulminante, mas não precisavam saber (falavam nisso!) como morreu.

Havia na mesa de cedro da sala um papel, com a mensagem: "A ignorância é ciência que só agora compreendi. Eziel, o profeta, previu o sucedido comigo. Amei meu povo, mas ao mudar de tigre, lobo e homem, foi a divisão de alma a minha arrematada loucura. Tudo é diferença, menos o amor. E Serena, perdoa-me, não te vi como devia, como perto, agora sei, de remida solidão. Nada coincide, tudo é estranho..." Deixou incompleta a mensagem, com letra trêmula até aqui, e após um espaço em branco abaixo, ainda escreveu: "Surgirá na república um centauro, obedecendo nova ordem do universo". O que se viu como toque de profecia do porvir.

O que ninguém contemplou foi a metamorfose. Instantes depois que Guadalupe Pinzón expirou, pulou de dentro dele, como da casca do corpo furando, um ganso bravo e branco, gritando e voando pela porta aberta. Sendo encontrado bem mais tarde na floresta, comendo raízes de ervas, com os olhos do ex-governante. E era a soberba do homem descansada no ganso. Mas o certo é que ninguém tem cegueira de caminhar e amar, e a morte do ex-governante foi patética no momento da história de Lajedo dos Pardais, inexistindo compaixão no ramo dos lobos.

Mas Tobias Siquém admirava o morto e fez com que fosse sepultado na central praça da cidade, sob ofício suntuoso, com desfile solene de lobos abanando os focinhos em reverência, e a lápide de bronze com flores:

"Aqui jaz o ex-governante Guadalupe Pinzón, herói orgânico do povo". Só que ninguém entendeu o "orgânico". Precisava?

E não estava longe dali o ganso, cúmplice de si mesmo, ruflante diante da orgânica posteridade dos homens e lobos.

7.

Timóteo Balzan, poeta e agora sem emprego, envergonhava-se de ser custeado pela mãe, Olívia, que amealhava a renda da família. Era homem de livros e não de ação, como seu finado pai. Defendia, o que aprendeu com seu mestre Paul Valéry, que "a poesia quer se vingar da realidade". Como a realidade se vinga dos poetas, por certa marginalidade. Tal se a criação tivesse que buscar porões ou esconderijos subterrâneos, ou águas-furtadas do destino.

De repente, foi convidado para palestras que davam algum pecúlio. Também, o que ganham os poetas, que não querem maior honraria do que a de serem reconhecidos? Saíra do magistério hostilizado pela inveja. Como a maior parte dos tímidos, era audacioso, equilibrando-se na vara da memória.

Apreciava muito ir a Riopampa, na casa de sua mãe. E escreveu:

"O mar é como um cego na árvore que voa. E fica preso ao pego do tempo, onde se escoa."

Foi honrado com palestras na Academia de Letras de Lajedo dos Pardais, e tinha a sensação de atravessar uma floresta com vereda de pássaros. Mas atravessava, vencia a timidez, inventava, considerando que as pessoas, no aplauso, eram-lhe generosas.

A poesia, como anêmona de mitos, não mudava na severa alegria de estar vivo. Sem tentar remendar o invisível.

Continuava solteiro, que era por sabedoria em causa própria, e amar em abstrato não ocasiona nenhum dano.

Não calcinava a lembrança de nenhuma Beatriz, como se deu com Dante Alighieri, de sua predileção. Não podendo costurar a paixão de infância, Selena. E nem se costura na sombra o futuro, quando é o futuro devagar que se vai costurando.

CAPÍTULO NONO

1.

O tempo não leva o homem a sério, como o homem leva o tempo. Sim, existiam relógios em Lajedo dos Pardais, mas muitos seguiam na memória os dias semanais e as horas na posição solar, com o transitivo da natureza. Mas é incalculável o giro ou calendário do destino no inocente roçar das ervas e no cavalgar das sombras do homem.

Se não tivermos a visão mágica do mundo, perderemos sua mais expressiva noção. O mágico não deve exigir esforço, exige sonho. A fábula alimenta o mito; e o mito, a fábula.

O que não é mágico não é visível, nem suportável, se for só o espetáculo do que passa e não consegue, ou alcança, encantar. Palavra busca o espírito livre.

Lajcado dos Pardais atravessava período desolado após o falecimento do ex-governante Pinzón, que exclamaria, se pudesse, o que refere o poeta Edgar Lee Masters: "Floresce para sempre, ó república, do pó do meu peito", ainda que tivesse consciência de sua enorme divisão interior, achando, modesto, ter regido aquém do que merecia o povo.

Platão alegava que a tradição oral tinha algo de alado e sagrado. Mas em Lajedo dos Pardais foi bloqueada a tradição com o poderio dos lobos. Infelizmente o governo, ou o amor pela tradição dos ancestrais, não cresceram sozinhos como a grama.

2.

O clima que o novo dirigente Tobias Siquém e o clã dos lobos criaram, foi destilando em Lajedo dos Pardais turvo ressentimento. Camadas de ódio e subterrânea rejeição do povo se acumulavam, e eram enfermidade e cegueira sucessiva. A temibilidade do real, ou a prepotência organizada, engendraram no excesso do real a instantânea alucinação, e se disseminava como peste nos olhos do povo. Isto é, da alma aos olhos. E o que os habitantes não viam, ou não queriam ver, começava a cegar por dentro, com palpável escuridão, como mecânica de treva e desordem. Um estágio bárbaro de consciência para os humanos, pois os lobos dentre o povo aceitavam festivamente os lobos, e se entreteciam nos privilégios ou garantias.

Sim, a espécie humana se ofuscava nesse limite. Mas não havia classes no precipício social daquela república. Como folhas secas que se desprendiam ou despencavam da árvore, armava-se a alucinação e a repetida cegueira, mesclando-se ao ar como doloroso processo viral. Era alegoria do terror. Mas Aedo Miguel infiltrava no povo a palavra, como pela garganta de uma criança o remédio e antídoto. Era no povo o desejo de mudança, ou como na ostra, a pérola, também a esperança do desejo. Ainda que houvesse um mofo que se desperdiçava de mofo, o ardor do nada. Era uma cristaleira do mal. A desagregação do poder é a tentativa de desagregação do povo que, ainda no limite, resiste. E a raça humana, ao ser subjugada — no caso pelos lobos —, parece que vai caindo, caindo, mas se levanta. E a palavra no vagar reage, vai retirando o lobo do homem. E vai derrubando, ao assim mudar a natureza, solapando, diminuindo os cúmplices ou cativos na ambígua sociedade. Não é de viver de uma vez, mas de ir transmutando com a palavra, aos poucos.

Tobias Siquém era apto ao seguir as ordens do ex-governante Pinzón, mas não para comandar, na medida em que o lobo investe, corrompe, destrói, não havendo mais a primazia da administração, mas a de triturar, como se estivesse em plena floresta, selvagem e entregue aos primitivos instintos. A pura loucura não se civiliza. A morte não se exime da morte.

Todavia, o sigilo do povo, agora, era o de se fortalecer, absorvendo a palavra ensinada e distribuída por Aedo Miguel ao se amoitar. Criando o paradoxo para o poder: quanto mais esmagava os humanos, menos lobos havia, menos comparsas ou aliados; o povo persiste vivo.

Quanto mais o poder de esmagar se exaure de esmagar, é esmagado, ao sentir maior resistência, sem explicá-la. Não se carece de saber como isso está acontecendo. Acontece. E se loucura é o que não volta, a natureza que se afigurava contra é outra natureza a favor. Porque o espírito na palavra avançava, mostrando que a matéria não tem salvação. A força se desmancha quando opera o Espírito. E a palavra é Espírito.

Mas havia uma contraposição, como se de um ponto já não houvesse retorno quanto à invasão do vírus do lobo, que contaminava, bestialmente, através de insidiosas e invisíveis moléculas, advindas também da aliança contagiosa e promíscua ocorrida entre lobos e ratos — esses acabando de negociar um terreno abandonado, perto do pântano, para a sua reprodução.

O que ocasionou no povo mais mudança de homens em lobos, com pequena produção de homens-ratos (que felizmente não prosperaram, ficando em fetos), e o nascimento de algumas crianças cegas e outras com febre de loucura sob o ferrão bestial. Ou a vergonha coletiva de estar respirando no mesmo virulento corpo, com o viral ódio queimando a estrutura humana. Nem o uso de máscaras bastava para tão intoxicante absinto de alma. Terrífico era esse jugo, por saber de tudo e por saber de nada, salvo a bruteza, o ditongo privilegial dos semelhantes e o preconceito contra os dessemelhantes, mesmo que o governante Tobias Siquém se mostrasse moderado, ou melhor, benemerente. O escuro só é abissal por não se entender de alma, com a tribal ideologia dos lobos dentro de secular tradição no capital, que escraviza. E se cumpria em Tobias o que observou Voltaire: "Há quem brilhe na segunda fila e se eclipse na primeira".

3.

Havia em Lajedo dos Pardas dois cidadãos que se destacavam e ficaram ilesos, ou por fidalguia ou por proteção superior, do belicoso vírus: o Marquês de Abrantes e o Barão de Itararé. O primeiro era um ser exótico, morando numa cobertura de Lajedo. Era abastado, de média altura, magro, atlético, olhos verdejantes e óculos escuros, que às vezes retirava com certa bizarria, gestos largos. Pouco descobriam de sua família distante, no interior de Pedra das Flores. Nada falava de si. Sua discrição e fama de mistério o faziam renomado, por não se saber os tópicos da fama de quem se esconde, nem o seu deambular sonâmbulo na bicicleta das estações. No seu caso, o mistério engordava.

Os lobos o respeitavam, por poder ser perigoso ou contraditório. Era monótono e talvez ocultasse grandeza.

Colecionava enciclopédias que se amontoavam no canto, tirando páginas e páginas, que carregava nos bolsos, atrás de conceitos, símbolos, termos esdrúxulos ou ressoantes, Apreciava ideologias como catálogos de classe. E um segredo: mudava frequentemente de alma, sem deixar de ser homem, quando queria. Era um leopardo que se transmudava nas idas à floresta, correndo veloz na desordem das folhas. Talvez por isso, tolerava os lobos no farejar animal das civilizações.

Esse desvio dava-lhe conforto e remorsos, escorregões no orgulho de humano. Mas não renegava o gozo espaçoso ou adverbial de mudar de pele. Mas isso também lhe trazia o medo do ignoto, ou de tanto mudar que se rasgasse a alma e tivesse que ficar, no final, leopardo.

Reunia tudo o que o separava da pungente imaginação, mesmo que no íntimo se achasse um recipiente vazio. E era Veceslau Marquês de Abrantes, título que o fazia quase invisível, austero, nobre.

O segundo e imponente cidadão era o Barão de Itararé, ou Barão Azul, vestindo o nome de Apporely, figadal ilustríssimo, panegirista do caos, plumitivo, com atinado humor. Atuante no jornal *A Manhã*. Morava num fantasmagórico casarão, a que chamava de "Castelo", situado num arrabalde. Baixo, boêmio, aluno de medicina incompleto, era divertido, popular, mordaz, criticando as mazelas sociais e a ideologia dos lobos, que teimavam em desconhecê-lo ou zombar dele, com sombrio despeito. Não deixava encadernar sua alma.

Eis algumas de suas máximas:

"— Testamento de pobre se escreve à unha.

— Quem fala em grandes, pequeno fica.

— O mal do governo não é a falta de persistência, é a persistência em falta.

— Os juros são o perfume do capital.

— Para este mundo ficar bom, é preciso fazer outro.

— Há um prazer de ser louco, que só os loucos conhecem.

— O homem que se vende recebe sempre mais do que vale."

Esse não mudava de alma, mudava de humor o sonho. Só o vivo pode mudar de morte para não morrer, parando no riso a morte de andar.

4.

O secretariado de lobos, do governo de Tobias Siquém, sob a sua direção reuniu-se, e houve o conselho de apenas continuar caminhando na administração pública, porque o povo obedeceria.

Tobias Siquém, cismando, advertiu: — Caminhar em que direção? A do abismo? O fim do começo? Meu instinto...

— O poder não precisa de instinto — observou o mais alto entre os lobos.

— A inteligência é que completa o instinto! — asseverou Tobias, pensativo. — O poder não é sozinho!

— A força é! — murmuraram quase juntos.

E Tobias Siquém ponderou, alarmado:

— Temo muito a palavra. Aprendi com Pinzón, vi sua manifestação na captura dos que se levantaram contra ele. O círculo e relâmpago. Eu vi. A palavra! Loucura é o que não volta e pesa. O caroço do escuro.

Todos emudeceram. Como uma sombra noutra e noutra.

5.

Como foi relatado antes, e eu, historiador dos acontecidos, sigo a lição de Montaigne: "não ensino, narro", sob o governo de Tobias Siquém, numa virose coletiva de lobos e ratos, derramou-se a cegueira na alma do povo e nasceram crianças cegas.

Foram essas crianças todas assumidas por uma organização caridosa, que edificou um instituto para a educação dos cegos, num bairro de Lajedo dos Pardais. E cresceram, aprendendo a sobreviver sem olhos, distinguindo-se pela superior inteligência, pois o que sumira na visão, redobrava em energia e brilho da mente.

Eram orgulhosos de sua cegueira, como outros podiam ser de bem-aventuranças ou virtudes. Tornaram-se, ao estudarem juntos, fortemente unidos. E juntos conspiravam contra o governo de Tobias e os lobos. Eram vítimas dele: eram, como se não fossem. Poliram as ideias e os seres, superando-se, mesmo cegos, buscando a restauração da pátria, forjando um líder entre eles. Armazenavam armas no escondido, armazenavam pólvora de opressão e olhos nos tatos, ou palavras que se cozinhavam no fogo e no *Livro do Caminho,* avivados. E as palavras postas na vista ajudavam a ver, como mãos ao tatear o que guiavam. E por terem palavra, não temiam nada.

6.

Citei a existência do líder Arcânio. Tinha duplos braços por defeito da natureza e, secretamente, levitava. Diz o provérbio que "na terra de cegos, quem tem um olho, é rei." E era o que acontecia com Arcânio, cego só da vista esquerda.

Seus companheiros sabiam de sua oculta levitação. Sobrevoava a cidade e, com palavra que colocava no olhar, assistia a tudo, irresignado com a prepotência de Siquém e dos lobos. Adestrava-se junto aos cegos, para uma luta sem quartel, a favor da industriosa condição humana, que ao ser ferida, feria a todos.

Arcânio sonhou que uma águia os conduziria à vitória e a nova ordem do universo seria o sinal da águia.

7.

Timóteo Balzan, na sala da casa que fora habitada por seu finado pai — com suas vozes, marcas nas paredes e coisas —, recordava imagens, sotaque ou a flamejante loucura que abeirou o progenitor. E a loucura é o espírito que, sem rota, vai girando na matéria. Até o desvio do tirocínio.

O fantasma de Balzan se desenhava no sublinhar dos livros que lera, rabiscando nos espaços com sua letra errante.

Timóteo interessou-se pelo romance, debruçado sobre o ensinamento de François Malraux: "O romance era de tal modo cúmplice do imaginário que, logo que a França se cansou do naturalismo, cansou-se do próprio romance". Leu e discordou. O romance não se cansa quando é metamorfose e foge da narrativa linear, inventando-se entre ficção, poesia, ensaio e crônica. Não é o romance que cansa, é a incapacidade de recriá-lo, ou de esculpir os seus mitos. Poucos, senão raros, se ocupam do gênio quando ele se ocupa de todos. E a criação parece, às vezes, desprevenida. Ou vacante atrás de alma.

Apesar do abandono da arte na república, Timóteo zombava de si mesmo, achando-se retardado de infância, por ação impetuosa do inconsciente, memória da espécie. Ou o sonâmbulo vagão da memória.

No que tange à poesia, deu-se conta de que podia inventar suas regras, sem perder o rigor. Como na lição de Paul Valéry, seu mestre, é impossível construir um poema apenas com pura poesia. Por ela se sustentar com pontes de equilíbrio no aqueduto da criação.

E sonhou na mesma noite com um centauro, que o contemplava ternamente, como se o contemplasse de outro lado da imaginação ou da vida, sentindo por dentro um lento movimento de patas.

E o que via de sonho o antecedia pelo que não vislumbrava. Sonhar tinha seu método, como a memória seus cântaros. E nos cântaros, a água da imaginação.

Mas para alcançar o maravilhoso a mente humana devia tentar ir além. Pois quem não sustenta o trote, não monta o alucinado cavalo da invenção.

Ao despertar, abriu o volume de "Diários", de Paul Valéry, e leu, comovido: "Onde está o homem que não explorou em espírito a natureza abissal?"

E acrescentou outro pensamento de Valéry: "A consciência reina, não governa".

Mas reina em que medida, quando, às vezes, nos incomoda ou parece chilrear como um pássaro aos nossos ouvidos sobre a árvore do espanto? Ou nos acorda no sobressalto de desnudada e fria humanidade, ou nos aciona de pavor na despida noite.

E serão os sonhos que nos governam, os ventos atiçados ou plácidos do acaso, nesta injúria de buscar o que desejamos, ou desejar o que nos transcende?

Há uma suplicante hierarquia nos sonhos. E, sem lenha, não há fogo.

Timóteo Balzan sabia que a inteligência é gota que fura uma pedra.

O que nos governa é o equilíbrio ou desequilíbrio do universo numa ordem soluçante ou pré-estabelecida. E única renda.

CAPÍTULO DÉCIMO

1.

Alúvio Solário e Matilde Petra, como todo o povo, estavam mergulhados e revoltados com o arbítrio desordenado de Tobias Siquém e dos lobos. Começando em Solário um sentimento poderoso, quase desamparado, de rebeldia pelo que sucedia em Lajedo dos Pardais. Nunca tivera antes, no decorrer da felicidade, tal sentimento e ânimo de mudar as coisas. Poderia?

Por vários motivos que foi desenrolando como fios no pensamento:

1. A ideologia brutal dos lobos, que não aceitava nada em contrário, que se impunha de cima para baixo, com veemência de alucinação. Considerava toda a ideologia cruel, intempestiva e desafio à liberdade humana ou ao direito à diferença.
2. Os lobos eram produtos malignos do desvio, de certa aceitação deliberada do destino, trazendo cegueira interior e, depois, física. Não bastando existir, mas atacando alguns dos que nasciam ou geravam a inculta febre dos vivos.
3. O povo estava amarrado, sem iniciativa possível, faltando quem assumisse a causa. Sentia-se pronto para ela.

2.

Alúvio Solário era destemido, robusto, jovem e se aborrecia com a arbitrariedade, seja individual ou coletiva. Tinha força de sol, rompendo as nuvens, ousando combater a imposição tribal e perdulária dos lobos. E soube da existência do Instituto de Cegos e do operoso movimento de Aedo Miguel na educação da palavra.

Soube, e tudo se sabe pela anunciação de sombras ou no voltear do vento, e "a fama" que, como diz Virgílio Maro, "caminha veloz". Veloz como a tempestade. Ou atrás do que puxa o pensamento. E o pensamento atrás do que prende na luz, palavra. E pensou em Georg Lichtenberg: "vivemos num mundo em que um louco produz muitos loucos", só a sabedoria escasseia. O sagrado é o povo, jogo é o poder. E veloz caminha a aurora.

Alúvio Solário encontrou, no Instituto dos Cegos, Arcânio. Houve logo acordo de vontades, como feixes. O desígnio era comum: derrubar a funesta sociedade dos lobos e seu governante. Havia em ambos certa antecipação do futuro, que é dado aos poetas e aos guerreiros.

O carrego de guerra se concebia neles e aos cegos. Todos de entusiasmo em fogo. Alma sem lugar até a vitória.

— Mas somos cegos, o que fazer? — bradou um deles. Mas Arcânio e Solário repetiram juntos: — Temos palavra. Ninguém resiste com o círculo de alma. A palavra vai nos olhos, viaja na luz. — e nisso creram. Precisavam criar ou desvendar a hora. E o que se desvenda é fé. E o que se arma, amor.

3.

Sozinho com a mulher Matilde, Solário contou-lhe o plano, à espera do relâmpago ou momento. A palavra é ato.

Impressionou-se com Arcânio e os cegos, sedentos de mudança.

Matilde Petra, ainda que temesse pelo marido, aquiesceu, sabendo ser intolerável esta soberania dos lobos. Apenas Solário precisava do trovão do tempo, pegando palavra (podia escorrer-lhe da mão), orando a Deus que o impossível brotasse da inércia ou distração do possível. E o acontecer da verdade, deitada de olhos abertos.

Diante da progressiva barbárie, quais normas seguir, salvo a revolta? E toda insurreição é roer o próprio osso e roer o osso da luta, do medo e da morte na vitória, enterrar até o fundo o osso da escravidão. E há que fabricar, como aranha, o sorrateiro ataque. O segredo traduz o absoluto caroço do escuro.

4.

Alúvio Solário, antes de se reunir com Arcânio e os cegos no enfrentamento dos lobos, foi com Matilde Petra até o rio Arcanjo.

E o rio parecia um cavalo tremendo e fungando. Sentaram-se numa pedra grande, contemplando o manar tranquilo da corrente, deixando-a correr no pensamento inteiro. E era água o amor correndo neles, correndo na água como trem vagaroso sobre os trilhos. E Matilde riu, tal se andasse em vagão comprido, e Alúvio riu e indagou e sim, sim, quando Matilde nervosa, ficando séria, lembrou o perigo que Solário correria.

Foi quando Alúvio banhou-se, inesperadamente, até os artelhos, no azul, azul do repuxo e tocou o Arcanjo rio, como fazia quando mais novo, de brancos, brancos deslizantes olhos. E teve a sensação de cercar-se de labaredas brancas que não queimavam. Era o Arcanjo?

E o sol sobre Solário e Matilde Petra brilhava com a cabeça toda na água. E a água reluzia de uso, entre peixes faiscando e a locomotiva bramindo, agitada.

Matilde se refletiu em Solário, o amor não, não precisava de causa? Amor tem marca de luz na pele e é simples de água. Estado de graça em alma. E ao se arredarem, ambos ainda viram o trem do rio sobre os trilhos. Indo.

5.

Viver é fumaça; a coragem, faísca; o desejo, fogo. Com o começo, juízo do fim — assim pensou Alúvio Solário.

A ousadia zomba da ousadia diante do selo da palavra. Não havendo eloquência no jugo.

Sócrates achava a mobilidade da alma processo natural. Mas a mobilidade da palavra é destino. Solário, como homem, tinha esta missão a cumprir. Quando a cumprir, a missão o acompanhará ou há de o suceder. E sucedendo, verão, como diz Ezequiel, que houve ali um profeta. E os profetas não adiam Deus.

6.

Aedo Miguel, doutor em Ciências Abissais, continuou naquela república a obsessão apostolar da palavra, transformando ao contato com ela, como por encantamento, os moradores que estavam, sem o querer, lobos. Voltando, de imediato, a serem homens, às centenas. Pois, ao caminhar pela cidade e bairros, ia derramando palavra no ar, como antídoto ao venenoso vírus que os atacara indefesos.

E aconteceu que Tobias Siquém soube do que Aedo Miguel fazia secretamente, porque o secreto é apenas o que parece que ninguém vê, enquanto o universo noticia tudo.

E na madrugada do dia seguinte, mandou buscar Aedo Miguel e o encarcerou. Era um ser perigoso.

Porém, ali, preso, com palavra alcançou os lobos que no presídio ficavam e os outros prisioneiros. E foram se tornando homens, jubilosos. Por não terem querido mudar de alma e de civilização.

Houve um instante que Aedo Miguel determinou escrevendo no chão da cadeia, com o dedo, o círculo e disse a palavra, e as grades se romperam, como se de vidro fossem, com cacos. Muitos saíram juntos do calabouço, libertos, sabendo que a humana espécie possui outra civilização, a da infância. E ventava.

7.

Sim, ventava naquele novembro, ventava sobre a festividade do governo de Tobias Siquém, que inventou uma marcha para comemorar o dia universal dos lobos. O evento deu-se na praça matriz e o povo era encolhido pelos numerosos militantes perfilados, ao ritmo de tambores, cornetas.

Ventava e o pensamento de Solário, Arcânio e os cegos, todos unidos, ventou de estratégia e investida atrás de um rochedo. Na emboscada ganhariam vantagem. Tramavam e tinham ajuda do vento. Postaram-se ali Miraldo, Souza, Haroldo, Luís, Augusto, Belém, Matoso, Atílio, Maurício, além de Arcânio e Solário. Aedo Miguel foi convidado a participar e aceitou.

Na última hora, veio Timóteo, o poeta, e trouxe mais munição, descoberta no porão da casa do pai, Balzan. Havia fuzis, espingardas e uma metralhadora.

Mas o poderio deles era a palavra. E os cegos puseram palavras nos olhos, passando a ver.

Arcânio, tomou espaço ao lado de Solário, que dirigia com a águia batendo nas paredes de seu ventre, querendo sair.

No auge daquela marcha de lobos, os cegos não careciam ver o céu, viam o inimigo que estava na mira deles, de armas e soberana palavra.

Solário olhou para Arcânio, que retribuiu o olhar num raio e olhou para todos agora repletos de palavra. E murmurou: — A história é nossa, com o futuro! — Todos devagar sussurravam, repetindo. E se repetia o céu nos olhos e os olhos do céu inteiro. O vento estava no centro do clarão e o clarão no centro do vento. Todos estavam no clarão. Solário inclinou-se, riscou com o dedo a terra, disse a palavra e girou o círculo. Disse e no instante do fogo, o fogo determinando, rodou o círculo e bateu em cima dos lobos que marchavam, com pancada tão forte que foram caindo, caindo, como se de grande altura. E não sabiam: só a morte. E outras pancadas bateram, como colmeia de céu, colmeia de raios. Os lobos caíam de cair, batidos, atingindo Tobias Siquém na cabeça, que testaviou ao solo-cão. E o metralhar e os tiros dos cegos que viam palavra. Palavras desabavam com balas e o nada, os uivos, uivos. Uivante o vento.

O grupo foi seguindo a ordem de Solário e Arcânio, avançando corajoso, demolidor. Quando tinham a certeza do triunfo, Solário foi ferido no ventre por uma baioneta de guarda, e, num rolar de ideia, mudou de alma e solar, a águia saltou-lhe de dentro, voando em cima de guardas e de dois lobos que ainda resistiam.

Foram caindo, caindo até o nascer dos lobos, a semente, e ficaram só sementes escorregando entre as pedras. E o poder dos lobos era uma arqueologia que se desmanchava.

Atrás vinham Arcânio, os cegos jubilantes, Aedo Miguel e Timóteo. Despetalou-se a sociedade dos lobos, como paiol de palavras em chamas. Despetalou-se o que havia ainda de lobo escondido no homem. Saindo lobos de outros lobos, até a origem da selva, quebrando-se o eixo que regia o jirau do poder. E a loucura voltou para si mesma, ardendo, e parou de ventar.

Solário levantou-se como homem. Pegou palavra e colocou na ferida aberta que sangrava e fechou-se subitamente como rubra rosa no escuro.

Diante de todos, surpresos, a águia pousou no ombro de Solário e foram ambos caminhando.

Mudou de alma para águia, persistindo homem. E havia nele amor entre águia e homem, ao lado andavam Arcânio e os cegos, agora com palavras atadas aos olhos.

O povo dos humanos os cercava, com inaudita felicidade.

E Alúvio Solário com seu ajudador, o clarividente Arcânio. Perto, Timóteo e Aedo Miguel, sorridentes. Dizia Cícero que "certas coisas são precedidas de certos signos". E ali estava o signo, o sinal da Águia.

8.

— Nunca desista, nem se desespere! — falou Solário. No hermético e obscuro da fé se guarda o tesouro. E viu que os habitantes o escutavam, absortos, ditosos. Abraçou Arcânio e cada um dos cegos, com a amizade da palavra. Mais Aedo e Timóteo. E recordou-se de Montaigne, o pensador: “Na amizade as almas se misturam e se confundem num elo tão integral, que não se vê mais a costura que as une”. A morte não é inocente, nem o terror, a barbárie ou a escravidão. E se acaba o lobo, não acaba o homem. Não acabará. E tudo concorda com a luz.

Solário, depois, concluiu sua fala, comovido: — O que renova, equilibra! O humano não se esgota no humano, quando revela o divino. É o sinal da Águia. E a lentidão do tempo é a velocidade de Deus.

9.

— Se o mundo é feroz, desigual — falou Timóteo Balzan — que tenho eu com isso? — E aos poucos foi vendo que também ele era o mundo, a espécie humana. Com a quota de alegria ou dor. E o movimento de um pode ser de todos. E nada sucede por acaso neste universo. O sentido pode vir depois, entendendo que tudo tem sentido. E pegou palavra e pediu ao dentro de si, o que antes já sentiu: pancada dentro do ventre, como de uma porta batendo. Ventava.

À noite, ao deitar-se na casa que era de seu finado pai, com vento soando, sonhou que via um ser metade homem, metade cavalo dentro do seu ventre. E uma voz falava para que Timóteo o soltasse, ensinando o uso da palavra e o riscar do círculo, no que Timóteo obedeceu dentro do sonho, por acreditar, desde quando lera no *Livro de Jó,* que Deus fala no sonho. Era um centauro que saía de seu ventre, saltando para fora misteriosamente, com a palavra que se abriu como vereda de passagem. E o centauro trotou, empinando as patas, e desapareceu. Timóteo livre, livre e sem dor ou agravo. Saiu-lhe o centauro sofrente de versos, saiu-lhe o centauro de palavra.

O que o libertou, já era liberdade. O que sabe o humano, em travessia, da natureza abissal ou do aturdido cosmos?

10.

Não se espera muito para enterrar os mortos, mesmo que a morte gagueje sua língua ignota, porque a terra materna aguarda. E os lobos mortos jaziam com garras, focinhos, dentes agudos. Entre eles, imóvel, estava o ex-governante Tobias Siquém. Todos entraram juntos no mesmo buraco do chão, e assim foram arremessados, como o barro umedecido no barro, sem nenhum sopro. Sendo jogada terra em cima, terra de esmagado arbítrio, terra de treva muito espessa, terra desolada de alma.

E só o que conhece a dor, aprende. Só o que sabe o fundo da dor é o homem, a quem ao universo espreita.

E o que irá dentro do homem, senão o homem? E o sinal da Águia? O homem que subjuga o destino.

11.

Todos os acontecimentos por mim relatados sobre a história de Lajedo dos Pardais e o que narra, não carecem de nome. Houve dor, houve o romper da agonia. E o amor vergou a indiferença e o arbítrio. Alúvio Solário e Matilde Petra não se abandonavam e a águia os seguia. Revelava ao governante o segredo da visão e do novo tempo, ambos na mesma semente.

Relato também a presença de Timóteo, o poeta, e do Centauro, caso raro, celebrado por Ovídio como criatura harmoniosa, ou na *Ceia dos Sete Sábios*, de Plutarco, ou nos contemporâneos Scliar e José Saramago. Consta até que o centauro dorme em pé e há de seguir o andamento da águia, já que o Centauro cavalgava em direção à sede do governo daquela república. Cumpria a profecia da última mensagem de Guadalupe Pinzón, prevendo o aparecimento do Centauro, que, próximo, daria lugar a outro advento: a separação do homem e do cavalo. Ambos obedecerão à nova ordem do universo, sob o sinal da Águia. Com a convivência do homem que se afastou do Centauro e Timóteo, irmãos de mesmo ventre.

E o sinal da Águia não é um acidente, é a prática do Espírito que voa. Inebriado de Deus. A águia não se nega ao Absoluto e, como ela, voraz é o fruto do homem. E todas as letras e olhos ficam cegos diante do Espírito. Com chegada da Idade de Ouro.

Sim, cada coisa tem seu tempo, só de nascer que não. Nascer de Espírito é por dentro, quando não envelhece de Eternidade.

DADOS SEM GENEALOGIA

Carlos Nejar, nome literário do Dr. Luiz Carlos Verzoni Nejar, nasceu em Porto Alegre. Procurador de Justiça, atualmente aposentado. Radicou-se no Flamengo, Rio. Colabora semanalmente com uma coluna de domingo no Jornal "A Tribuna", o de maior divulgação em Vitória, e, eventualmente, com artigos para "O Globo", do Rio. Pertence à Academia Brasileira de Letras, cadeira n. 4, na sucessão de outro gaúcho, Vianna Moog, tendo sido no ano de 2000 Secretário-Geral e Presidente em exercício. Foi eleito também para a Academia Brasileira de Filosofia, Pen Clube do Brasil, Academia Espiritosantense de Letras, Academia de Letras de Brasília, Academia de Cultura Portuguesa e Academia de Ciências e Letras, ambas de Lisboa. Recebeu a mais alta condecoração de seu Estado natal, "A Comenda Ponche Verde" e, mais tarde, o "Prêmio Açorianos de Literatura". De Minas Gerais, "A grande Medalha da Inconfidência", em 2010. Recebeu ainda a "Comenda do Mérito Aeronáutico", no Rio. No ano seguinte, a "Comenda Domingos Martins", da Câmara dos Deputados de Vitória, Espírito Santo. Chega aos oitenta e dois anos, graças a seu espírito renascentista, com fama de poeta reconhecido, tendo construído uma obra importante em vários gêneros — tanto no romance, quanto no teatro, no conto, na criação infanto-juvenil. Publicou a 3ª edição, pela Ed. Unisul e Ofício de Letras, no fim de 2014, de sua *História da Literatura Brasileira* atualizada, já esgotada, onde assinala a marca do ensaísta. É considerado um dos 37 escritores-chave do século, entre 300 autores memoráveis no período compreendido entre 1890-1990, segundo ensaio, em livro, do crítico suíço Gustav Siebenmann (*Poesia y poéticas Del siglo XX em la América Hispana y El Brasil*, Gredos, Biblioteca Românica Hispânica, Madrid, 1970).

Teve sua poesia reunida em: A Idade da Noite e A Idade da Aurora, publicadas pelo Ateliê Editorial, de São Paulo, e Fundação da Biblioteca Nacional, em 2002. Ao completar setenta anos, publicou a reunião da maior parte de sua poética, com *I. Amizade do mundo; II. A Idade da Eternidade*, editora Novo Século, São Paulo, 2009. E *Odysseus, o velho*, 2010. Novamente veio à lume pela Ateliê Editorial, com apresentação do ensaísta Ivan Teixeira, *Espuma do Fogo* e as *Antielegias, em Fúria Azul*, em 2012. Saiu em 2018, no Rio Grande do Sul, *O DICIONÁRIO CARLOS NEJAR: UM HOMEM DO PAMPA*, livro de arte, com verbetes, fotos, e fortuna crítica do autor, publicado pela Editora Mecenas e apoiado pelo Grupo Záffari e Ministério de Cultura, organizado pelo poeta Luiz Coronel e sua equipe, integrando a coleção de livros de arte já dedicados a Guimarães Rosa, Carlos Drummond, Clarice Lispector, Fernando Pessoa, William Shakespeare, Erico Verissimo, Mário Quintana, García Márquez, entre outros. Todos com um CD de textos lidos por artistas. Saiu na editora Bestiário, de Porto Alegre, a versão nejariana da *ANTÍGONA*, de Sófocles e sonetos do *Esconderijo da Nuvem*.

Suas Antologias foram: *De Sélesis a Danações* (Ed. Quíron,SP, 1975), *A Genealogia da Palavra* (Ed. Iluminuras, SP, 1989), *Minha Voz se chamava Carlos* (Unidade

Editorial-Prefeitura de PA, RS, 1994), *Os Melhores poemas de Carlos Nejar*, com prefácio e seleção de Léo Gilson Ribeiro (Ed. Global, S.Paulo, 1998, agora em 2ª edição, 2014); *Breve História do Mundo* (Antologia), Ediouro, com prefácio e seleção de Fabrício Carpinejar, 2003, já esgotado.

Romancista de talento reconhecido pela ousada inventividade, entre suas publicações estão, *O Túnel Perfeito, Carta aos loucos, Riopampa, ou o Moinho das Tribulações* (Prêmio "Machado de Assis", da Fundação da Biblioteca Nacional, em 2000), *O Poço dos Milagres* (Prêmio para a melhor prosa poética da Associação Paulista de Artes, de São Paulo, 2005) e *Evangelho segundo o Vento.* É autor de *Teatro em versos: Miguel Pampa, Fausto, Joana das Vozes, As Parcas, Favo branco* (Vozes do Brasil), *Pai das Coisas, Auto do Juízo Final – (Deus não é uma andorinha)*, Funarte, Rio, 1998.

Saiu também, em 2011, pela editora Leya, a 3ª edição de seus *Viventes* (trabalho de mais de trinta anos, espécie de "Comédia humana em miniatura"). Atualmente, prepara a sua 4ª edição. Publicou, em 2012, *Contos Inefáveis* e o romance *A negra labareda da alegria* (2013), pela editora Nova Alexandria, de São Paulo. E *A Vida secreta dos gabirus,* ed. Record, 2014; *Matusalém de Flores,* Boitempo, no mesmo ano; *O feroz círculo do homem* (Letra selvagem, 2015); em 2019, editou *Os degraus do Arco-Íris,* todos romances. Em 2015, também saiu a coleção de 14 volumes de livros de bolso da poesia esgotada, denominada *O Chapéu das Estações*, pela Editora Unisul e Escrituras. A editora Life, de Mato Grosso e São Paulo, publicou, comemorando os 60 anos de literatura, o romance, *Evangelho Segundo o Vento. O escritor gaúcho,* traduzido em várias línguas, tem sido estudado nas universidades do Brasil e do Exterior.

Este livro, ou SINAL DA ÁGUIA, foi escrito na "Morada do Vento", Flamengo, do final de março até 25 de maio de 2020, durante a terrível pandemia da Covid-19 no mundo. E a criação me distraiu, lembrando o provérbio árabe que diz que "a labareda não ilumina a sua base". E essa labareda, na escrita, é da vida e da espécie humana que, ao queimar, resiste. Não adiamos Deus.

Rio, 25 de maio de 2020, o servo da Palavra, Carlos Nejar.